ラベン王国
眠りの森

Raben Kingdom
Sleeping Forest

真生えん
MASAKI EN

幻冬舎 MC

ラベン王国・眠りの森

目次

アリシエルとナイト

書架はぎっしりと古書で埋まり、キャレルデスクやテーブルの上にも本が乱雑に積み上げられている。

ホコリが舞う図書室に忍び入ったナイトは、かび臭い本の山から一冊抜き取り、表紙の文字を優しく撫でた。

――『英雄ブルーノエルの生涯』。

日焼けと劣化で脆くなったこの古書は、ナイトにとっては探し求めていた宝石だった。

「僕の……家族……」

この中に大きな希望が眠っていると信じるナイトは、そう一言呟き、ゆっくりとページをめくった。

濡れ羽色の髪と輝く瞳、ベルンフルールのローブを翻して戦う勇姿が世界を震わせた英雄ブルーノエルは、ベルンフルール魔科学学校きっての逸材だった。だが、将来を有望視されていたにもかかわらず、卒業後、彼は忽然と姿を消した。その後、さまざまな場所で逸話を残したが、守護石の呪いで千年の時を生きているというブルーノエルの個人的な情報は何一つ残されていない。男性だったとも、女性だったともいわれているが、それも謎のままだ。

ぴー、ちゅん。小鳥の鳴き声が聞こえた。ナイトは静かに本を閉じ、窓を開けた。

そろそろ授業が始まる頃だろう。しかし、ナイトには授業を受ける気はまったくなかった。ナイトが特待生試験を受け、ベルンフルール魔科学学校高等部に入学したのは、家族の面影を感じることができるこの学校と、この一冊に出会うためだ。

外の空気を思いっきり吸いこむ。春の爽やかな空気が体に満ち、清々しい気持ちになる。

ナイトは再び本を手にした。百年前に消えた英雄ブルーノエルを探す旅に出るために――

「ここは科学と魔法が共存する世界である。君たちを守る宝石、守護石を持っていると魔法が使える。一方、魔法を使えない者、すなわち、守護石を持たない者が、科学を発展させたのだ」

ベルンフルール魔科学学校高等部のオリエンテーションが始まった。初等部からのベルンフルール生であるアリシエルにとっては、聞き飽きた内容だ。いつもなら教科書とノートを出し、オリエンテーションの間も自習をするのだが、今日はそれもやる気がなかった。

心ここにあらずといった様子で、窓の外をぼんやり眺めるアリシエルが教師も気になったのだろう。

「アリシエル君、魔法と科学の違いはわかっているね。みんなに説明してくれたまえ」

初等部の低学年でもわかるような質問を、わざわざアリシエルに投げかけた。

「魔法は、魔力によって思った事象を起こすものです。対して科学は、現象を論理的に研究し、理論に基づいて事象を起こします。では、魔法を使う場合の魔力の根源とは何か……それは、守護石です」

立ち上がり、優等生らしく淀みなく答えたアリシエルだったが、その言葉にはいつもの力強さはなかった。


アリシエル・ブロウは、魔導士の名門ブロウ伯爵家の次男。兄のエリシエルはベルンフルール魔科学学校の初等部から高等部まで首席を貫き、今や王室魔導士団の中でも少数精鋭で知られる王太子親衛隊長を務めている。

兄と同じように、つねに首席を貫きながらも、明晰な頭脳と魔術の優れた技を持つ兄に劣るアリシエルは、ブロウ伯爵家の中では冷遇されてきた。だからこそ、アリシエルは両親に認められるために勉強に打ち込んできたし、優秀な兄に抱く劣等感をぬぐえるのも「努力」しかないと考えていた。

そんなアリシエルがやる気を失ったのは、ベルンフルール魔科学学校の入学式がおこなわれた昨日のことだった。

「ねえ、本当？」

「ありえないよねえ」

女子生徒の困惑の声。

「マジかよ」

「どんなヤツなわけ？」

男子生徒のざわめき。

「ナイトってヤツが首席って、本当？」

そんなささやき声がアリシエルの耳に入ってきた。アリシエルに気がついた生徒は皆、海が割れるように一歩引いていく。成績表が掲示板に貼られていた。入学式前の試験結果をアリシエルはかじりつくように見上げた。

二位にアリシエルの名前が書かれていた。成績は百点中九十七点。アリシエルの中で最高の点数だ。しかし、一位は満点。ナイトとだけ書かれている。

「ファミリーネームがないってことは、今年入学してくる特待生？」

「スラム出身って聞いたけど、どこで勉強したの？」

「不正でもしたんじゃない？」

「だって、アリシエル様が首席じゃないってありえないよね」

アリシエルは悔しさで唇を噛み締めた。努力ですら結果が出せないということは、アリシエルの価値はどこにあるのか。

ナイトの不正を疑う声や、アリシエルを擁護する声が、むしろアリシエルには自分自身を責める言葉のように聞こえた。


講堂に入りアリシエルと書かれた席に座る。チラチラとこちらを窺う周囲の視線が鬱陶しい。入学式では首席がスピーチをするはずが、ナイトという生徒は時間になってもやってこなかった。そのため、アリシエルが代理でスピーチをした。こんな屈辱的なことが起こるとは思いもしなかった。

スピーチの時間だけでなく、ナイトは入学式にすら参加しなかった。必死で努力をしてきたアリシエルを嘲笑うかのようなナイトの行動に、苛立ちを覚える。しばらく経つと、自分の仕事もこなさない適当な人間に負けた自分が情けなくなってきた。

屋敷に帰り、成績を知った両親はアリシエルを慰めた。

「全力で頑張ったのならいうことはない」

「ええ。あなたの中では一番良い点数だったのだから自信を持って」

父上も母上もそう言うが、その瞳に同情はなく、あるのは、〝失望〟だけだった。アリシエルにはそれに気がつかないふりをするしか、できることがない。

「父上、母上。次こそは首席はもちろん、満点を取ってみせます」

引きつった表情で言うアリシエルの肩を父上がポンポンと叩く。

「お利口だ、アリシエル。頑張りなさい。しかし、お前が兄のようになれなくても、それは仕方のないことだから、気にする必要はない」

父上に続けて、母上が優しい手でアリシエルの頭を撫でて慰めた。

「そうよ、あなたはどれだけ頑張ってもエリシエルにはなれないの。だから頑張りすぎないようにね」

二人の目は、お前には何も期待していないと語っていた。アリシエルがどんなに頑張っても、両親には意味がないことは誰よりもアリシエルがわかっていた。

アリシエルはそのまま自分の部屋にこもり、試験で間違った問題の復習をした。

（またこの魔法陣の古語を間違えたのか……このミスがなければ満点だったのに……）

徹夜のつもりで机に向かっていた深夜、ちょっと休憩しようと飲み物をもらいに調理室へ向かった。

暗い廊下が、やけに居心地が良い。部屋に戻ったら、報われない努力を再開しなくてはいけない。憂鬱な気分のせいか、暗く広い廊下をゆっくりと歩く。

光のもれる部屋は、両親の寝室だ。話し声が聞こえる。内容を知ることが恐ろしいが、自然とアリシエルの足は寝室の前で止まった。

「アリシエルはどうしてあんなに出来損ないなのかしら。エリシエルの成績に追いついたことがないのよ？」

「仕方がないだろう。次男なのだ。魔導士の名門である我が伯爵家を受け継ぐ長男じゃなかっただけよしとしよう。あの成績なら王室魔導士団に入ることくらいはできるだろう」

アリシエルは拳を握りしめて俯《うつむ》く。やはり、聞くべきではなかった。そっと足音を殺して立ち去った。

その直後から、何もする気が起きなくなった。部屋へ戻ってもやる気は起きず、久しぶりに布団で眠った。

空はこんなに青かっただろうか。雲の流れはこんなに速かっただろうか。

次の日、アリシエルは誰も来ない学校の裏庭のベンチに座って昼食をとっていた。サンドイッチを一口かじっては空を見上げる。午後の授業開始を知らせる鐘が鳴っても、動く気になれない。

「……俺は、何のために、努力をしていたんだ」

心に穴が空いたようだ。しかし、どこか心が軽くなった気もする。

「アリシエル・ブロウ君」

時間が経つのも忘れて空を眺めていたアリシエルは、ゆっくりと顔をあげて声のする方を見た。

シワの多い顔で微笑んでいるのは、ベルンフルールの理事長様だ。

「ミセス先生」

微笑んでいるが、どこか圧を感じる。今回の成績を知って、ミセス先生も失望したのだろうか。

年齢不詳のミセス・アーノルドは、グレーの髪を後ろでお団子にまとめている。赤紫のワンピースの腰あたりには同色のリボンが巻いてある。こんなに可愛らしい格好をしても、若作りに見えないのがミセスのすごいところだ。

「隣、よいかしら」

「……はい」

アリシエルは少し横にずれて、ランチボックスを膝にのせる。三人がけのベンチに、ゆったりとした距離感で、ミセスは座った。

「今回は惜しかったわね」

「俺は、努力だけが自分の取り柄だと、思っていました。努力をしていれば、いつか、父上や母上は俺にも期待をしてくれる。兄上を超えられると、思っていたんです」

意外にも、涙は出てこない。諦め、なのだろうか。言い始めると、スラスラと言葉が出てくる。それはアリシエルが、誰かに言いたくて、でも言えなかったことだったと、自分の言葉に自分が一番驚いた。

「ですが、どうしたって勝てない相手も、確かにいるんです。そういう相手には、俺にはない才能がありました」

話し終わって、沈黙が訪れる。

「あなたはどうするの？」

ミセスのことだ、アリシエルの顔を見ているのだろう。そらしたくなるほど、まっすぐ。しかしアリシエルは空から視線を動かせなかった。空の青さに、目を奪われていた。沈黙と空の美しさが、アリシエルの心の中の悩みを浮かび上がらせる。

「どうしたら、よいんでしょう……」

空っぽになった心の埋め方を、アリシエルは知らない。これまで以上に努力をすること。それが今までのアリシエルの生き方だった。けれど今、アリシエルにはそんな強さはない。元々、強い人間ではなかった。ただ、弱さから目をそらし、自分を鼓舞することに長《た》けていただけだ。

「ナイトさんはまだ一度も授業に出たことがないの」

「はあ⁉」

アリシエルは度肝を抜かれた。特待生の入学テストは決して難しくはない。しかし、スラム街育ちでは受かるはずのない難易度だ。独自に勉強をしたとしたら、それは並々ならぬ向上心があるからだろう。と思っていたが、ナイトはどうやら違うらしい。アリシエルには意味がわからない。

(勉強がしたいからこの学校に入ったのではないのか？)

驚きのあまり、さっきまでの虚無感が一瞬消えた。

「ナイトさんが授業に参加するようにしてくれない？　どう？」

つまり、ミセスはナイトに期待をしている。だから授業に出席させたい。裏を返せば、そのためにアリシエルを利用しようとしているわけだ。忘れかけた虚無感が、卑屈な感情を連れてアリシエルに戻ってきた。

――アリシエルはどうしてあんなに出来損ないなのかしら。

――仕方がないだろう。次男なのだ。ブロウ家を受け継ぐ長男じゃなかっただけよしとしよう。

父上と母上の声を思い出す。両親すら期待しなかった自分に、ミセスが期待するはずもない。

「あなたなら、ナイトさんの力になれる」

思わずミセスの顔を凝視した。

すぐに、期待した心を追い払った。突っぱねるような言葉が出てくる。

「そんなことを軽々しく言わないでください。ミセス先生だって、優しい言葉で俺を釣って、利用したいだけなんじゃないですか」

これ以上傷つきたくない。そんな弱音をグッと飲み込んだ。ミセスにはアリシエルのそんな心すら、お見通しなのだろう。

「あら？　私は期待していない生徒に甘い言葉をかけるほどヒマじゃないわ」

ケロッとした顔で言いきるミセスを、アリシエルは疑いの目で睨んだ。

「何が目的ですか」

信じてもよいのだろうか。いや、これ以上誰かに利用されて踊らされるのはごめんだ。

アリシエルの心は、不安と期待で揺れている。

「言ったじゃない。ナイトさんを授業に連れてくること。それだけよ」

ホホホ、と笑うミセスには、確実に裏がある。

「どうして、俺なんですか。利用するのが簡単だからでしょう」

こんな面倒くさくて卑屈な聞き方をする前に、ここから逃げ出せばよかった。否定して欲しくて言っていると自覚した。どんどん自分の事が嫌になる。そう後悔した時、ミセスはイタズラっぽく笑った。

「知っている？　人はね、信じているから任せるのよ」

そういってミセスは、可愛らしくウインクをした。アリシエルが想像するミセスの年齢では考えられない行動だが、お茶目なお婆ちゃんに見えてしまうのだから驚きだ。

「私はね、アリシエル君。あなたならナイトさんを動かせるって信じているから、任せるの」

ずっと求めていた誰かからの期待。けれど、それが手に入りそうになると、素直に受け入れられないのは、自分に自信がないからだ。それ以上に、人の心を知らないアリシエルには、誰かの期待に応えること自体、荷が重いのかもしれない。

「俺は今まで、勉強以外したことがありません。友達もいないし、誰かと関わるだけ時間の無駄だと思ってきました。そんな俺が、ナイトを授業に連れてくるなんて、できるわけがありません」

またつまらないことを言ってしまったとアリシエルは後悔したが、ミセスはホホホと明るく笑って続けた。

「あら、できるわよ。だって、あなたは努力ができるじゃない。そう、あなたは粘り強く何事にも取り組むことができる。だからあなたに頼むのよ。信じているわ」

ミセスのこの一言は、アリシエルが求めていたものを気づかせる魔法のような言葉だった。そして、ミセスは、話は決まったとばかりに立ちあがり、口角を上げる。

「知っているかしら？　あなたは利用するというけれど、お願いとも言うのよ」

「お願い……」

「じゃあ、アリシエル君、お願いね。信じているわ」

じゃあね、と手を振ってミセスは去っていった。あのお茶目なウインクを残して。

ミセスの背中が見えなくなるまで眺めた後、アリシエルは空を見上げた。南中を過ぎた太陽が眩しく輝いていた。

「応えられるかな。ミセス先生に」

呟くと、どこからか声がした。

「応えられるんじゃない？　君なら」

勢いよく振り返る。幻聴じゃない。自分の中のもう一人の自分でもない。なぜなら、ベンチに座って空を見上げていたアリシエルに影がかかっている。その影の主は、後ろから覆い被さるようにしてアリシエルを見下ろしていた。

「誰だよ、お前」

ラベンダーのような、いい香りのする黒髪がアリシエルの鼻先をくすぐった。声は女性にしてはハスキーで、男性にしては高かった。

「あれ？　さっき僕の話をしていなかった？」

「お前の話？」

制服のスラックスのポケットに両手を突っ込み、ストレートの黒髪を軽く結んで左肩に流している。そいつは踊るようにアリシエルの前に移動した。

「僕はナイト」

柔らかく微笑んだ。

「お前が……」

真面目そうな風貌とは言えない。女子生徒と遊んでいるから授業に出ていないのでは？と勘繰ってしまいたくなるような容姿だ。

「……軽薄そうなヤツ」

アリシエルの呟きを聞いたナイトは、心外だと反論した。

「僕は別に誰かを傷つけるようなことはしていないよ。物言いとしてはアリスのほうが他人を傷つけていそうだけど？」

アリシエルはため息をひとつ吐く。今の会話から、ある程度ナイトの性格を把握できた気がした。

「君は他人に迷惑をかけなければ何をしてもよいと思っているのだろう」

ナイトは首を傾げる。

「僕、悪いことはしていないよ。さっきから言っているじゃない」

「じゃあ、授業にも出席しないで何をしている？　どうせ女子生徒と遊んでいるんじゃないのか？」

ナイトはそのままドサッと隣に座る。

「僕は女子生徒と遊んでいないよ。勘違いしているようだけど」

ナイトはアリシエルを見て不敵に笑った。

「僕は女子生徒、だからね」

アリシエルは目を見開く。スラックスを履いた女子生徒？　なんのために男装？

よく見れば、長い艶のある髪も、白い肌も、中性的な顔も、どれも女性と言われればそう見える。男性だ、と言われても可愛らしい男性に見えるが……。アリシエルは先入観を捨てなければ、と思考をアップデートした。こういうところが真面目すぎるのだということに、アリシエルはまだ気がつかない。

ナイトはその場で大きなあくびをする。

「――まあなんでもいい。授業に出るんだ。ここまで来たのなら授業くらい出たらどうだ？」

ナイトは二度目のあくびをして答える。興味がないのだろうが、あからさまに退屈そうな態度をされるのはあまり気分のいいモノではない。

「今日は特別。ミセス・アーノルドに呼ばれたから来たんだよ。面白い子を紹介してあげるって言うから。確かにアリスは面白そうだね」

アリシエルには「面白そう」というのは褒め言葉ではない。それに、ナイトの飄々とした態度が気に入らないアリシエルは、無意識に横に座るナイトとの距離を詰めて言った。

「だったら！　っていうか、さっきからアリス、アリスって女子生徒のような名前で呼ばないでくれ……！」

「あ、ちょっと待って」

ナイトは詰め寄るアリシエルを片手で制し、懐中時計を取り出した。

「ごめん、もう行かなきゃ。少なくとも授業には出られないから。じゃあね、アリス」

「おい！　待て！」

アリシエルは少しずつ遠ざかっていくナイトを見送る。

気に入らない、そうは思ったが、こんなにも感情を揺さぶられたのは初めてかもしれない。いや、初めてだ。今までは人に興味を持つことも、勉強以外に何かをすることもなかった。

ミセスの声が蘇る。さっき話したばかりなのに、もう懐かしい。それもこれもさっきから情報量の多い話ばかりするナイトのせいだ。

（ホウキで空を飛ぶなんて、実習以外ではしたことがなかったな）

空を自由に飛びたいと思った。勉強以外のことをしてみたいと思った。けれど、真面目以外の生き方をしたことがなかったから、授業に出ないなんていうことが許されるのか怖かった。それでも、こんなきっかけがないと、アリシエルは狭い世界から出られないのだろう。

「待て！」

アリシエルは咄嗟にナイトを追いかけていた。ナイトを説得するよりも、勉強をしたほうが効率的だと思っただろう。今のアリシエルは勉強をする意義が見出せないでいた。いや、それ以上に、勉強以外のことを知らなさすぎたともいえる。

ナイトを追っていった先に、何が待っているのか、わからない。でもヤケクソになってナイトを追いかけたら、きっと何かが変わる――。そんな気がした。

旅立ち

ナイトは横を飛ぶアリシエルをニヤニヤしながら見ている。今ならよくわかる。ミセスはこうなることがわかっていて、ナイトを呼び出したのだ。つまりミセスはナイトとアリシエルを引き合わせて何かを企んでいる。

ついて来てしまったのだからしかたない。

今はミセスが何を考えているのかはわからない。でも、ここまできたらしょうがない。いつかわかるその日まで、ミセスのお願いを聞くしかないだろうとアリシエルは思った。

初めて学校の外を飛ぶアリシエルは、キョロキョロと忙《せわ》しなく景色を見渡す。森を見下ろすのは初めてだ。

木々が風に揺れる様に、荒れた心が癒やされる。時折、大きな生き物が走り抜ける様子は開放感と感動がある。本の中だけではない、アリシエルは動く生き物は馬車や鳥以外見たことがなかった。

風が気持ち良い……。

植物の香りを纏《まと》った爽やかな空気が、空っぽになったアリシエルの心を満たしてくれるようだった。

「で、授業に出席しないでどこにいく気なんだ？」

懐中時計を確認しているナイトにアリシエルが言った。

不思議な懐中時計だった。擦《こす》れた跡の多い、年季の入った時計だ。銀色に、天使のような翼が彫ってある、ように見える。どこかで見たようなマークだが、霞がかったように思い出せない。

ナイトが懐中時計をローブの中にしまおうとして蓋を閉じた一瞬、茶色に輝くものが見えた。宝石と呼ぶには地味で、ただの石ころのようにも見えた。


ベルンフルール魔科学学校において、魔法が使える者が持つ守護石は、そのレア度によって扱える魔法が異なっている。希少なものほど強い魔法が使え、魔導士を代々輩出している貴族の多くがレアストーンを受け継いでいる。レアストーンの中でも最高位は、魔導士の名門ブロウ伯爵家が受け継ぐレッドダイヤモンドである。

ナイトの守護石が、あの石みたいな茶色の宝石だとしたら、ナイトが使える魔術はあまり強いものではないのかもしれない。アリシエルがそんなことを考えていると、ナイトがもう一度懐中時計を取り出して掲げてみせた。

「これは方位磁針の役割もするんだ。時間と方角がわかる。科学の発明品、と言ったらわかりやすいかな？」

「方位磁針と言うのか。太陽が沈んでも時間と方角がわかるのか？」

「そうだよ。磁石を使って方位を知る科学の国サイアの道具だよ。一旦この下の街に降りようか」

この国でも、トイレや照明など、魔法で動かすには面倒な生活品をサイアから輸入し使うことがある。が、魔法主義の国民性のため、なかなか浸透していない。一方、国は科学も優先して使う方針のため、国営施設はいろいろな機械を使っている。


ベルンフルール魔科学学校のある首都から離れてしばらく。海と森に隣接する港町、ナモエ。

「ナモエか。初めてきたけど、お前、本当に遊び歩いているだけじゃないよな」

「この旅は少し長くなるかもしれないから、生活必需品を買い揃えるだけだよ」

と言うナイトの言葉を、アリシエルは信じている様子がない。その冷たい視線は、疑いをありありと伝えてくる。

降り立ったのはナモエの時計塔市場。時計塔広場から一本道で市場が広がっている。反対側はショッピング街。ナイトは何度か顔を出したことがあるため、顔見知りの店主や住民も多い。

海がある都市のため、珊瑚や真珠などの海から取れるレアストーンが多い。宝石は守護石としてだけではなく、パワーストーンとしての願掛けや、装飾品としても需要がある。貴族は宝石を求めて。一方、庶民には観光地として人気だ。貴族にも庶民にも人気のこの地はとても裕福だ。

青と白を基調とした街並みは、学園と屋敷を行き来していただけのアリシエルにとって珍しい景色だった。街の中心にある噴水はどこかへつながっているようだ。水は、地面に掘ってある通路を通って建物に供給されていた。

（海の水は塩の味がすると聞いたことがあるが、どうやって使うんだろう）

アリシエルはその場に立ち止まり住民を眺める。住民は噴水の水をバケツに詰めたり、飲んだりしている。塩辛くないのか。塩の混ざった水は逆に水分が取られると聞いたこともある。

アリシエルは住民の真似をして舐めてみる。塩辛いどころか、冷たくて澄んだ水はほんのりと甘い味がする。

「観光客かい？」

小太りの女性が声をかけてきた。

「珍しいだろう？　ここは水が豊富だから、噴水も用水路も無料で使えるんだ」

「でも、この街にあるのは海水だろう？　どうやってこんなに美しい水にしているんだ？」

女性は透明な水を差し出す。アリシエルは首を傾げる。

「飲んでごらん」

人から無償で何かを差し出されるのは初めてだ。それも命令したわけでも、ねだったわけでもなく、笑顔で。純粋な善意であることは一目瞭然だ。アリシエルは緊張した面持ちでカップを受け取り、一口飲んでみた。

「フルーツが使われているのか」

女性は自信満々な表情だ。腰に手を当てて快活に笑う。

「ここの領主様はサイアに留学されていた科学者なんだ。そこで得た知識を使って水を綺麗にしたり有効活用する方法を開発なさったんだ。無料で水が使える代わりに、民は水を無駄遣いしない。美しい水の維持を怠らない。そんなルールがいくつかあるんだよ」

女性が差し出してくれた水を眺める。

「それは輸入したフルーツを特殊な方法で加工したフルーツウォーターだ。うちの人気商品だ。持っていきな。代わりに、宣伝しておくれよ」

ナイトは面白そうに眺める。

おおらかな女性はそのまま去っていった。アリシエルはもう一度、噴水を中心に流れる水を見る。魔法だけでなく、科学も面白い。


最近、平民の女性に人気のリボンを頭に巻いている。アレンジ力は貴族の女性よりも平民の女性のほうが上かもしれない。貴族は髪を結い上げることが多いが、平民は髪を短くカットしていて、手早く可愛くアレンジをするので、バリエーションが広がるのだ。

金髪のショートヘア、灰色の瞳に白い肌……身長が高くなければ少女のようにも見えるアリシエルを見るナイトも嬉しそうだ。眉間に皺をよせた不機嫌な表情がどんどん消え、瞳は好奇心で輝き始める。それまでの不愛想な顔つきは、人づきあいが少なかったアリシエルの心のバリアのようなものだったのかもしれないと、ナイトは思った。

「おい、エイヴェリーって女性の絵を描いている旅人がいるらしい。行こう」

ナイトについてくることすら渋っていたアリシエルの言葉とは思えない。ワクワクと強引にナイトの手を引っ張るアリシエルは、さながら遊園地に来た子供のようだ。

「僕らは僕らの予定があるんだよ。観光はまた今度でいいじゃん」

「旅人だと聞いただろう。もう会えないかもしれない」

確かに、旅は楽しむものだ。当面必要な生活必需品は手に入れたし、ナイトも楽しそうなアリシエルについていくことにした。

「アリスは絵が好きなの？」

早足で絵師を探すアリシエルに聞いた。

アリシエルが素直な人物ではなさそうなことはなんとなくわかっている。が、アリシエルは立ち止まり顔を手で隠した。耳が赤い。

「……今まで、俺は勉強しかしてこなかった。だから、その。お前についてきて初めて首都の外へ出たんだ。何もかもが新しくて、ちょっと浮かれていた。すまない」

巷で流行りの娯楽小説で若者に浸透した言葉。『ツンデレ』とはこのことだろうか。

（いわゆる、美少年）

ナイトは言いかけたがやめた。容姿のことをアリシエルに意識させないほうが秘めた才能が伸びそうだ。そう思ってニヤニヤ笑うナイトに、アリシエルは苦い表情だ。

「もういいだろう。絵師はいいからさっさと行こう」

ナイトは顔を隠していたアリシエルの腕を引っ張った。

「買い物はあらかた済んだよ。僕も気になるし、旅の絵師」

先ほど素直になった反動か、アリシエルは頷かない。

「気を遣っているのなら気にするな。足手纏《まと》いになるのはごめんだからな」

ナイトは息を吐いた。

「はぁ〜。本当に素直じゃないなぁ、アリスは。なんでも計画通りに行く旅なんて面白くないでしょ？　こういう寄り道も旅の醍醐味だよ。さあ、行こう」

何やらぶつぶつと呟くアリシエルだが、少しは素直になったようだ。それでも赤い顔で俯くのは、アリシエルの照れ隠しだろう。

ナイトは女性にしては高身長。アリシエルは男性にしては多少、高身長。若干、ナイトのほうが小さい。背の低い男性が、背の高い女性を引っ張って歩いているように見えるだろうが、それはそれで面白い。しかし、ナイトがチラリとアリシエルを窺うと、すでに彼は新しい土地への好奇心に気持ちを切り替えたようだった。

「あの人だかりはなんだ？」

アリシエルはワクワクした気持ちを咳払いで誤魔化した。ナイトが引っ張っていかなければ素直に見に行きそうにない。

ナイトが呆れて、アリシエルに声をかけようとした時、野太い男性の声が聞こえた。

「おい！」

「何するんですかぁ！」

人だかりの中から言い争う声が聞こえてきた。ビリビリと紙を破る音も聞こえる。

二人の間に流れていたふわふわした雰囲気が一変した。

「何をしているんだ！」

大きな声で言いながらアリシエルとナイトは人だかりをかき分けて入っていく。騒ぎは、大柄な男と小柄なひょろっとした男の二人が原因だろう。二人は小柄な少女の物らしき見慣れない機械を壊している。小柄な少女は涙目で暴れるが、二人の男は気にする様子はない。

「おい、何をしている？」

アリシエルが、普段の高めな声からは想像できない低い声を出した。

男たちはこちらには目もくれず少女を引っ張る。

「何をしているも何も、この面白い技術を持ったエンバート族が欲しい人間はどこにでもいるだろう？」

「兄貴、さすがっス！」

エンバート族――。なるほど、ローブを取り上げられた少女は翼を隠せていない。

英雄・ブルーノエルもエンバート族だったという逸話がある、希少な古代種族だ。創世神話にも登場するエンバート族は、世界を守るために降り立った天使の血を継いでいる。

その証拠に、美しい翼、美しい容姿、優れた魔力、豊富な知識等、生き物としても優れた能力を持つ。今は確か、世界を旅しながら隠れ住んでいるはずだ。

さらに言えば、閉鎖的な性質で集落を出ることはあまりない。

エンバート族は長い歴史を持つため、守護石もすぐに見つかる。たくさんの宝石を集めてきたからだ。そして最初に学ぶことが、翼を隠す魔法だ。

小柄な男性は大柄な男性の指示を待っているように見える。

「やめてください！　ノワリスは痛い思いをさせたくありません！」

翼を掴まれて、少女は顔を歪める。エンバート族の翼は敏感で、親しい者以外には触らせないのが基本だと教わった。

「はぁ？　痛い思いをするのはお前の間違いだろうが！　怪我したくなきゃ抵抗するのをやめるんだな！」

アリシエルが魔法を展開しようとする姿が見えた。が、アリシエルより早くノワリスという少女が動いた。

ドサッ。

片腕を掴まれていたノワリスはくるりと体勢を変えて、大柄な男を倒した。その姿は一つの芸術のように美しく、洗練されていた。

「ノワリスはちゃんと言いました。痛い思いをさせたくない、と」

大柄な男の身動きを片手で制している。身体の関節の知識があれば、小柄な女性でも片手で動きを封じられる。

周りから自然と拍手が起きる。

「やるな～嬢ちゃん！」

「かっこよかったわ～！」

ナイトは照れてはにかんでいるノワリスに声をかけた。

「騎士団はもうすぐ来るそうだよ。君、名前は？」

拍手と称賛の言葉に包まれたノワリスのラベンダー色の二つ結びが揺れた。手作りなのか、垂れたウサギ耳のついたハットを被り直して、想像通り高めの声で言った。

「ありがとうございます。ノワリスと言います」

振り返ったノワリスがナイトを見て叫んだ。

「エイヴェリー！」

記憶のない少女・ノワリス

ノワリスには記憶がない。

生まれた場所も、名前も、親も過去も何も知らない。けれど覚えていることもある。エイヴェリーという存在と体に染みついた科学の知識だ。それを頼りに自分を探す旅に出た。

エイヴェリーなら、何か知っているのではないか。そんな希望を抱いて。

「というわけで、ノワリスはあなたを捜して旅をしていたのです」

あの後、ナイトから離れようとしないノワリスと共にカフェに入って話をしていた。

毛先がクルクルとカールした低い位置の二つ結びと黒い瞳が印象的な小柄な少女ノワリスの、一番古い記憶。それは名前だ。

科学の国サイアのスラム街で物乞いをしていた少女は、ある朝目覚めると、目の見えないお婆さんに拾われていた。お婆さんは少女にノワリスという名前をつけ、衣食住を与えた。お婆さんはサイア国でいう『アルツハイマー』という記憶の病気だったという。ノワリスのことを、自分の亡くなった娘だと思い込んで世話をしていた。ノワリスはお婆さんの介護をしながら暮らしていた。

しかし一年前にお婆さんは病気が悪化して亡くなった。

お婆さんは亡くなる直前、ノワリスを拾った時のことを思い出し、今までのお礼を言った。楽しかった、と。そしてノワリスは、お婆さんの遺産を引き継いで、お婆さんの夢だった旅の絵師になったのだそうだ。

「長々と語らせてあいにくだが、こいつはエイヴェリーではない」

アリシエルは腕を組み、簡潔に言った。が、ノワリスは引き下がらない。

「でも！　ノワリスの記憶通りなのです！　ナイトさんは絶対にエイヴェリーなのです！」

ノワリスは泣きそうな声で俯いた。アリシエルも子ウサギをいじめているようで忍びなかったが、それでも間違いを正してあげないほうが彼女には辛いだろうと思った。

ため息をついて、次の言葉を探すが、一向に見つからない。

ナイトは困ったように微笑みながら紅茶をすする。アリシエルはナイトを睨む。

「お前からも何か言ってやったらどうだ」

ノワリスはテーブルの下で拳を握った。しかし、無意味な期待はさせないほうがいい。

それはアリシエルの経験からくる不器用な優しさだ。

「僕は確かにナイトという名前なのだけど、それもあくまで育ての親が呼んでいた名前だからねぇ」

ノワリスは勢いよく顔を上げた。涙目の瞳は雫と期待でキラキラと輝く。

「どういう意味だ？」

唐突に出てきた情報にアリシエルの頭が追いつかない。当のナイトは、あれ？　とキョトンとした表情だ。

「言ってなかった？　僕は僕の生みの親を捜しているんだ。これから行くのも僕の生みの親と関わりがあるかもしれない人と関係のある場所なんだけど」

ノワリスはキラキラした表情でナイトを見る。

「では、本当の名前はエイヴェリーなのではないのですか⁉」

「ない、とは言えないね」

「では！」

アリシエルはブラックコーヒーを一気に飲み干した。

「ノワリス」

「はい、アリスさん！」

アリシエルは輝かんばかりの笑顔のノワリスが、少しでも冷静な判断ができるように表情を消した。

ノワリスはアリシエルもこの事実を喜んでくれるだろうと思っていた。けれどアリシエルは無表情で、瞳は悲痛な色をしているように見えた。

「アリスさん？」

ノワリスは、悪い話が出そうな雰囲気を察して、顔をこわばらせて言った。

「聞きたくないのです」

しかし、空になったコーヒーカップを握りしめ、アリシエルはノワリスを問い詰めた。

「お前は忘れているかもしれないが、エイヴェリーを捜していた目的はなんだ？」

ノワリスは小さい声で答えた。

「ノワリスのことを聞くため、なのです……」

声がだんだんと小さくなる。

「わかったと思うが、万が一、こいつがエイヴェリーだったとしても、お前のことは知らない。つまり」

「僕たちと旅をしない？」

「一緒に……？」

何を考えているんだ、と言おうとするアリシエルの足を、ナイトが力一杯踏みつける。

「おい、ナイト……いっ」

痛みに顔を歪めるアリシエルに対して、ナイトは涼しい顔をしている。

「僕がノワリスの言うエイヴェリーなのか確認するためでもいいし、そもそもエイヴェリーを捜すためでもいい」

涙目のノワリスを前に、指を組んでゆっくり話すナイトは、まるで本物の王子様のようだ。

「僕には僕の目的があり、アリスにもアリスの目的がある。ノワリスも利害が一致するなら一緒に動いた方が都合がいいと思わない？」

「ノワリスも、一緒に？」

ナイトは立ち上がってノワリスに手を差し出す。

「僕は目的のためにこの大陸を旅するんだ。ノワリスも旅をしているなら、一人より三人の方がいいでしょ？」

アリシエルは急いでノワリスとナイトの間に立った。

「待て待て、ナイト。そんな簡単に言うことじゃないだろ！　それに、基本的に俺たちは今日から学校の寮にいる予定だし、堂々と授業の自主休講を宣言されても困る」

ノワリスはアリシエルのローブの裾を引っ張った。

「ノワリスも一緒は、嫌ですか……？」

元々小さいノワリスが、より小さくなってアリシエルに懇願する姿は可愛い小動物のようで、アリシエルの庇護欲をかきたてたのだろう。面倒臭いと思いながらもノワリスを突き放すことはできなかった。

「そういうわけではない、のだが」

ナイトはすっとノワリスの手を取る。

「一緒に、旅をしてくれる？」

ノワリスはアリシエルを見上げた。断ったら、この子ウサギは落ち込むのだろう。

「はあ。好きにしろ。俺は知らないぞ」

「ノワリスも、アリスと一緒にナイト様のお供をするのです！」

ため息をつくアリシエルにノワリスは元気よく答えた。

場は一旦落ち着いて、ノワリスはココア、ナイトはバタフライティー、アリシエルはブラックコーヒーをそれぞれ注文しなおした。

「ところで、ノワリスは何歳だ？　一人旅にしては幼い気もするが」

「ノワリスは、自分の年齢も覚えていないのです」

ココアの入ったマグカップを両手で持って、視線をココアに向ける。その瞳は寂しそうだ。

この国は島国だ。魔法を中心に栄えてきた。ちょうどブルーノエルが活躍した少し前に魔法都市として有名になった。広い島国は様々な系統の魔法使いがバラバラに集落を作っていた。その集落をまとめたのが初代国王だ。しかし国としてまとめたのは初代国王だが、一つの学問としてまとめ上げたのは、ミセス・アーノルドの先祖である。

アーノルド一族は、魔法を軍事利用されることを良しとしない魔法使いに提案をした。魔法使いは、自分たちの築き上げてきた技術を悪用されることは嫌ったが、先祖の努力を伝えていくことを望み、継承されることには賛同した。

アーノルド一族になぜそのようなことができたのか――。それまで無名だったアーノルド一族にはそれ以前の情報がない。学校の七不思議だ。いや、この国の歴史的にも大きな謎である。

話はそれたが、温帯気候であり、春のこの季節にココアを飲んでいることに疑問が湧いたのだ。しかしよく見るとアイスココアだ。バニラアイスがついている。

「変なことを聞いた。申し訳ない」

話題の一つとして聞いただけだったが、アリシエルは後悔した。ノワリスがオーバーな反応をして小型犬のようにキャンキャン騒ぐと思っていたが、切なげに微笑むノワリスは、もうこんな顔をさせたくないと思えるほどに悲しそうだった。

一方、ノワリスは「そんなことも覚えられない可哀想な脳みそをしているのか」などと罵詈雑言を浴びせられる予想をしていた。けれどアリシエルが気遣うような発言をしたことで笑顔をとりもどした。

「いいのです！　ノワリスには家族の手がかりはないのですが、ナイト様には手がかりがあるのですか？」

手帳を眺めていたナイトが、「ん？」と顔を上げた。マイペースにもほどがある。アリシエルが呆れてフォローする。

「おい、ナイト。お前が巻き込んだんだろ。しっかり面倒を見ろ」

ナイトは、この話はノワリスとアリシエルが親しくなる機会だと思って、あえて黙っていたのだ。しかしノワリスは思いの外アリシエルに苦手意識を持っており、思いの外ナイトに懐いていた。

ナイトの思惑を知ってか知らずか、ノワリスはもう一度同じ話をした。

「ナイト様のご家族の手がかりはあるのですか？　ノワリスには家族の手がかりはないのです」

「ああ、僕の手がかりは、コレ」

ナイトは手帳を開いてテーブルに置く。そこには、いくつかの場所が書かれていた。

――ラベン王国・眠りの森
――アルマー王国・亡霊の騎士

――エルド国・精霊の国
――サイア国・呪いの宝石
「これは？」

興味深そうにノワリスは身を乗り出した。アリシエルはどこかで見たような場所ばかりだと思った。

「僕の親族らしき人が旅をした場所の一部。この場所に僕の親を知っている人がいるかもしれない」

「お前の親はどんな奴なんだ？」

ナイトはバタフライティーなる謎の紅茶を一口飲み、おもむろに答えた。

「英雄ブルーノエルの血すじ、かな？」

ナイトは涼しい顔だ。方位磁針を取り出して、手帳に書き込んでいる。アリシエルとノワリスは固まったまま動かない。冗談と捉えることもできたが、手帳の情報に二人は覚えがあった。

アリシエルは歴史の授業でブルーノエルの逸話は幾度となく見てきた。

ノワリスは知識として知っていたのだが、方位磁針でもある懐中時計に埋め込まれた宝石が何か理解していた。あのレアストーンに選ばれる可能性、実力。ともに持っている確率など算出せずともわかる。

「英雄ブルーノエルは百年前に姿を消したとされている。全盛期も五百年前だ。子供がいたなんて話もない。可能性はないに等しい。諦めろ。そもそも姿すら世に出ていないのに、何を根拠に……」

ノワリスはナイトの話を信じる方が現実的だったが、アリシエルは否定する方が現実的だった。一方、当のナイトは鼻歌でも歌い出しそうなほどご機嫌だ。混乱するノワリスとアリシエルを見て楽しんでいるようにも見える。

「根拠なんてなんでもいいじゃない。僕は、僕がそうかもしれないと思ったことを信じているだけだよ」

アリシエルはため息をつく。他のテーブルの話し声が、妙に呑気に聞こえる。その呑気な話し声に苛立つだけ無駄だと察した。けれど真面目も真面目。頑固で融通の効かないアリシエルには受け入れることができなかった。なんとか理解できる情報がないと安心できない。信じる信じないではなく、話を流してしまえばいい。わかっているがアリシエルにはまだその柔軟性がなかった。

だが、あとは飲み込むきっかけさえあればアリシエルも楽になれるだろう。情報処理でパンク寸前の生真面目なアリシエルにナイトの笑みがこぼれる。

「ノワリスは信じたいのです！」

先ほどまで考え込んでいたノワリスが力強く言った。

今まで話した相手はほぼいなかった。信じてもらえることもないだろうと理解していたし、自分が信じていればそれでいいと感じていた。理解を求めることに必要性を感じていなかった。笑い話や冗談だと揶揄《からか》うネタにした。真面目に話すことなんてなかった。二人の反応によっては、どちらかにしてしまうことも考えていた。

「ノワリスは、親の記憶もないし手がかりもほとんどないのです。でも、エイヴェリーは絶対にノワリスの何かを知っているのです。そう信じるものがあるだけでも幸せなのです。だから、だからどんなに無謀でも、どんなに突飛でも、否定しないでほしいのです。それだけがノワリスの希望だから、なのです」

「はあ」

アリシエルはもう何度目かわからないため息をついた。

家族がいないとか記憶がないとか、アリシエルにはわからないし、これからもわかる気がしない。そういう時の感情は、どんなに理解しようとしても、本人や経験者にしかわからないものだ。

「俺には理解できない話だ。けど、理解する努力はする。努力だけが俺の取り柄だからな。

行くぞ」

会計を済ませ、アリシエルが先に店を出た後、ナイトとノワリスは顔を見合わせた。

ノワリスは少し不安そうにナイトに尋ねた。

「アリスは怖い人、なのですか？」

ナイトはノワリスの頭を撫でた。

「僕もアリスとは知り合ったばかりだからよくわからないんだ。けど、怖い人ではないと思うよ。結構、可愛い人だと思うな。それに今知ったけど、面白い人だと思う」

「可愛い？　よくわからないのです……」

ノワリスは首を傾げるばかりだ。

「これからわかっていけばいいよ。素直じゃないだけだと思うからさ。さあ、行こう、アリスが店先で僕らが出てくるのを待っているから」

「ところで、ノワリスは魔法が使えないの？」

ノワリスは笑った。

「はい。ノワリスがエンバート族であることはノワリスも信じられないのです。魔法も、どこかへ置いてきてしまったようなのです。守護石も探したのですが見つからないのです。ナイト様のようにすっごく希少なレアストーンなのかもしれないのです！　そのペイ……」

「ノワリス、それ以上はダメだよ。僕とノワリスの秘密だ」

首を傾げるノワリスの口元にナイトが人差し指を当ててウインクする。それだけでノワリスはご機嫌だ。これ以上ナイトに聞くことも、一人で完結することもない。事柄をそのまま受け止めている。

けれど今はこの関係でいいかと、その場しのぎで生きてきたナイトは自分の中の新たな何かを放り投げた。思考を放棄するのがナイトの得意技だ。

「はい！　ナイト様！」

元気よく返事をしたノワリスがナイトの右手を掴んだ。

眠りの森へ

いざ眠りの森へ、と意気込んだものの、移動手段で問題が起きた。アリシエルとナイトはホウキに乗れるが、ノワリスはどうだろう。

ノワリスは旅の絵師と聞いたことを思い出した。荷物も少なく、どのような旅をしてきたのか聞いていなかったが、少なくとも、科学の国サイアにいたことは間違いない。

サイアといえば、海を跨いだ隣の大陸である。地図でいうと北部に位置する。寒帯の地域で、かなり大きな大陸だ。サイアの位置は南部全域だ。この大陸をユナイシアと呼ぶ。歴史はそんなに古くはないが、サイアで『博学者』の称号をもらったといわれる指折りの科学者モーリスが発見した電気が急激にサイアを発展させた。電気の発見は確か四百年前の話だった。

サイア国にはアルマー王国が隣接するが、両国は相容れないらしい。アルマーは伝統と文化の国だ。科学という言葉が広まったのも、モーリス氏の功績からだ。しかし魔法が使えない者は、快適な生活を求めサイアに集まる。国民の数だけでいえば大国と言えるだろう。確かモーリス氏の作った研究施設から移籍した有能な学者がいたらしい。

研究施設は国の重要機関である。現役で研究に携われなくなった者が指導者として全国の教育機関に散り、そこで推薦された学生のみが研究施設に就職できる。エリート、という言葉もサイア国の言葉だ。

最近、サイア国のエリート集団と呼ばれる研究施設から学者が何人も引き抜かれたと聞く。そのまま結果を残せば、モーリス氏のように『博学者』の称号が手に入ったかもしれない。その学者がどこへ行ったのか。行方はわからないらしい。


「ノワリスは今まではスカイドライブに乗っていたのです」

ノワリスは胸を張り、ナモエの浜辺へ駆けていく。すばしっこい。

「手作りのオリジナルなのです！　こっちに停めてあるのです！」

足が速いことに加え、小柄なノワリスに右手を引かれたナイトは体勢を崩す。転びかけたナイトを支えながらノワリスは嬉しそうに走る。

アリシエルはぴょこぴょこ揺れるノワリスのウサギ耳が気になって仕方がない。

「あ！　おい待て！」

離れていく二人を慌てて追いかける。剣術や護身術は一通りこなしているが、成績維持に必要な程度である。基本的には引きこもり気味で不健康な生活。寝不足に栄養摂取も必要最低限。体力などつくはずもない。

時計塔広場を横断した先には、観光地の浜辺が広がっている。綺麗なエメラルドビーチだ。

アリシエルはここ、ラベン王国の地理は頭に入っている。ここにエメラルドビーチが広がっていることも知っていた。絵だって見たことがある。

「綺麗だ……こんなに美しい海なんて、見なければわからなかったな」

学園を出て一日も経っていない。けれど、いつもの街を少し出ただけでこれほどの出会いがあった。この冒険が終わる頃には、アリシエルの中に、どれだけの『経験』が積まれるのだろう。

「ここなのです！」

そこには、サイア国で普及しつつある機械、いわゆる軽自動車があった。

「これはクルマ、というものか？」

アリシエルは興味津々でじっくりと観察し始めた。ノワリスも興奮気味だ。

「はい！　ですが、ノワリスのオリジナルなので、空も飛ぶのです！」

「空を？　こんなに重そうな鉄の塊が？」

アリシエルは自動車から視線を外さないで言う。

「魔力源はどこだ？　重力無視の魔法なんかないはずだが……」

「これは科学の力で動くのです。太陽の光をエネルギーにしてエンジンで動くのです。空を飛ぶ時は揚力を使って……」

「つまり、太陽の光が守護石の魔力のような働きをする、ということか？　エンジンは……」

意外にもアリシエルは知的好奇心が旺盛かつ、知識欲が強いらしい。アリシエルとノワリスは意気投合し始めている。

（僕は置いてけぼりか……ノワリスはアリスを怖いとか言っていたけれど、なんだかんだ相性が良いみたいだね）

ナイトは一人で、スカイドライブを観察する。

丸いものが前と後ろに合計四つついた見た目は、いわゆる自動車そのものだ。どうやって空を飛ぶのかは、わからない。けれど、ノワリスの記憶に関する情報は手に入った。

この科学技術は、ノワリスのオリジナルだと言っていたけれど、基礎はエンバート族の技術と知識だ。そうするとノワリスは例外だ。エンバート族で魔法が使えない上に、集落を出て一人でいる。

「ナイト様！　このスカイドライブは四人乗りなのです！　アリスと一緒に眠りの森まで乗っていくのです！」

魔法が使えない、翼を持った少女。おそらく『訳ありのエンバート族』なのだろう。

「僕と同じ、か」

ナイトはそう呟いた。


アリシエルとナイトは、スカイドライブの後部座席に並んで座る。ノワリスは運転席だ。

スカイドライブの操縦はサイア国では免許と呼ばれる技術の証明証がいるという。

ノワリスはあまり整理が得意ではないらしい。後ろに見えるラゲッジルームと呼ばれる荷物置き場には、名前のわからない機械やら工具やら、日用品も乱雑に詰め込まれている。外からも開けるらしいが、雪崩を起こすのは簡単に想像できる。それでも、本人はどこに何があるのか把握しているようだ。

ノワリス曰く、やる時はやる、らしい。

「本当に鉄の塊が空を飛ぶんだな」

窓に張りついて感心した声を漏らすアリシエルに、ナイトがいじわるそうに声をかける。

「でも、アリス。少し震えているよ。怖いの？」

初めて馬車とホウキ以外の乗り物に乗ったアリシエルは、正直に言って恐ろしい。鉄の塊が空を飛ぶのは怖いに決まっている。大きな重いものが空を飛ぶなど、十人ほどの魔法使いが集まって、同時に浮遊魔法をかけてもせいぜい十メートル。一人で浮遊魔法を使っても、ホウキに一人乗って飛ぶのが限界だ。だからこのスカイドライブに乗って移動することになったのだ。

アリシエルはナイトのイジリを無視して、ノワリスに声をかける。

「サイアではこういう乗り物は普及しているのか？」

ノワリスはハンドルを握り、何やらボタンやパネルを操作しながら答える。

「首都では貧民、貴族問わず普通に使っているのです。でもそれ以外の町や村ではまだ浸透していないのです。国は普及させるために動いているみたいなのですが、そこまで量産する技術も技術者も少ないのです。そして価格もまだ首都に住めるくらいの民にしか手が届かないのです」

アリシエルは頷いた。

「価格を下げることと、量産の技術を研究すること、技術者を増やすことが目標なのか」

「ノワリスは不法投棄されたクルマを改造してスカイドライブを生み出したのです」

楽しそうに話すノワリスは、どこか誇らしげだ。

「クルマが飛ぶなんて、ノワリスの技術でしか再現できないのです！　クルマを作るのはそんなノワリスでもできないのです。大きな機械やマイナーな工具がないといけないので、ノワリスにも一人で作ることなど不可能です。量産なんてできたら、ノワリスもその技術を知りたいほどなのです！」

　スカイドライブはホウキよりも早く進む。ナイトはクルマの知識にも精通しているらしく、時速七十キロで進んでいると言う。

　アリシエルは魔法使いの家門のため、ベルンフルールで学ぶ科学知識程度しか持っていない。だから時速七十キロというのがどのくらいすごいのかは今ひとつわからない。

　景色はナモエを越え、草原を越え、森が見えてきた。この森の中心あたりが『眠りの森』と呼ばれている。だが、この森は広く、たとえスカイドライブがホウキより速いとはいえ今日中にはつかないだろう。ナモエでノワリスと出会い、お茶をし、スカイドライブの説明を聞いていた時間がイタい。

「お。あのあたり、開けているし野宿にはもってこいじゃない？」

　アリシエルとは反対側の窓から外を眺めていたナイトが声を上げた。アリシエルは腕時計を確認した。時刻は四時ごろ。テントを張って、食事の準備に湯浴み、そして明日に備えて眠る時間を考えると、良い時間だろう。

「では、降りるのです」

　ノワリスがボタンをピッと押すと、スカイドライブは少しずつ高度を下げていく。思いの外、柔らかい感覚の着陸だった。

「すごいのです！　すごいのです！」

アリシエルはため息をついた。ナイトは今まで、どんな生活をしていたんだ？　こんなモノまで準備がしてあるとは、旅慣れしている。


目印になる大木のそばに着陸。スカイドライブの後ろに乗っているテントを広げようとした時、ノワリスがスカイドライブの後ろを開いた。

「おい、ノワリス！」

「ごめんなさい！　ごめんなさい、なのです！」

ドスン、やら、ガコン、やら、重い音が続いた後、アリシエルの怒鳴り声にノワリスの泣き叫ぶような謝罪が続く。近くにいたアリシエルは相当痛い思いをしたことだろう。

（ノワリスはもう少し叱られたほうが良いだろう）

ナイトは何も聞こえていないフリをしてスカイドライブを離れた。目印にした大木に登り出した頃に、大騒ぎの声が消え、ちらりと下を見るとテントを広げるノワリスとアリシエルが見えた。ナイトに背を向けているノワリスは良いとして、アリシエルと目が合ってしまう。

「おい！　お前も手伝えよ」

案の定、アリシエルのお叱りの言葉が飛んできた。

「あ〜、いいのいいの。ここに作るから、テントは準備しなくてもいいよ」

「どういう意味……」

「よっこいしょ〜」

大木の中腹まで登ったナイトは、小さな模型を太めの枝に置いた。それから方位磁針をローブから取り出し、模型にかざす。

「大きくな〜れ」

ボン、と煙が舞い上がる。すぐに風が煙をさらっていった。するとどうだ。ツリーハウスが出来上がっている。

「すごいのです！　すごいのです！」

「こんなモノまで用意していたのか……」

今の魔法は、小さい物を大きくする初級クラスの魔法だ。

わかりやすく言うと、ナイトはブリキの家のおもちゃを本当に人が住めるサイズにしたのだ。ブリキのため強度は十分。中に小さい家具を入れておけば一緒に大きくなる。だから生活も問題ない。

「魔法！　初めて見たのです！　ノワリスは魔法が使えないので感動です！」

　わーいわーい、とノワリスは喜んでいる。

「詠唱をあんなに簡潔にするというのは……」と驚くアリシエルには気づいていないかのように、ノワリスが声を上げている。

「今登れるようにするから、ちょっと待っててね〜」

　ガラガラガラ、と縄はしごが降りてくる。ノワリスは一目散に縄はしごに向かって駆け出した。

「ナイト様！　魔法はあんなに簡単に使えるものなのですか！」

「ああ、本来はもう少し長い詠唱を使うのだけど、イメージさえしっかりしてればなんでも良いんだよ」


　野宿は、意外にも快適で楽しいものだった。川で魚を釣り、山菜を探して森を歩き回り、火を焚いて……。アリシエルにとって初めての料理に、自前のベッド以外で眠るのも初めてだ。

「……楽しい、ものだな」

　魚を串刺しにして焼き、塩を振っただけのもの、山菜をフライパンで炒め、塩と胡椒だけでシンプルに味つけしたもの、ナモエで買った芋だけのスープ。

「アリス、何か言ったのですか？」

何やら話していたナイトとノワリスだったが、アリシエルに声をかけたのはノワリスだ。

「ノワリスは誰かとの食事が久しぶりなのです。楽しいのです！　アリスも同じですか？」

「こんな質素な料理を食べるのは初めてだ、と言ったんだ」

寂しそうに頷くノワリスに、ナイトが助け舟を出す。

「ノワリス、アリスは今、こんな質素な料理を食べるのは初めてだ、だけど意外と悪くないなって言ったんだよ」

ノワリスは首を傾げる。

「そうなのですか？」

「そうなんだよ」

しれっと言うナイトにアリシエルは反論しようとしたが、こちらを見つめているノワリスを見ると、これ以上、悪態はつけない。

「お、おれは」

アリシエルは、だんだん顔が赤くなっていくのを感じる。

「もう寝る！　全部食ったからな！」

「アリス？」

「おやすみ～」

食器を川の岩に引っ掛けた網に入れ、ツリーハウスを登る。

「まずくは、なかった……」

誰にも聞こえていないのに、アリシエルは、そう呟かずにはいられなかった。


ノワリスの朝は早い。

早朝五時。ノワリスは白地に水色のラインのセーラー服を着て、その上から、翼を隠すように青いローブを羽織り、お婆ちゃんがくれた金色の星のブローチでローブを留めた。

それから、お手製のウサギ耳のハットをかぶる。お婆ちゃんが言うには、このブローチの窪みは、真っ赤なビーズが外れた跡なのだという。

（お婆ちゃん、ノワリスは今、お婆ちゃんといた時くらい楽しいのです）

ブローチを握りしめて空を睨んだ。

「絶対に、ノワリスは家族を見つけて、幸せになってみせるのです！」

ノワリスが決意を新たにして顔を洗おうと川の方を向いた時、

「朝っぱらからデカい声を出すな。目が覚めた」

ツリーハウスのドアから、柔らかそうな髪をかきむしりながらアリシエルが降りてきた。

「俺は血圧が低いんだ」

ノワリスは顔が青くなるのを感じ、

「ご、ごめんなさい、なのです」

勢いよく頭を下げる。

「何を一人で喋っていたんだ」

「と、特別面白いことを言っていたわけではないのです」

アリシエルは不機嫌そうだったが、「昨日はすまなかった」と、ノワリスに謝った。その声がどことなく優しかったので、ノワリスは思わず聞き返した。

「アリスには昨日会ったばかりなので、ノワリスには謝られる心当たりがないのです」

様子を伺おうとノワリスがそっと視線を上げると、アリシエルは、想像とはかけ離れた、悲しそうな目でノワリスを見下ろしていた。

「どうして、アリスがそんなに悲しそうな顔をするのですか」

空が青い。空気が爽やかだ。小鳥の鳴き声だって、心地いい。でも、アリシエルの目はそんな全てまで悲しく映っているみたいに見える。

「昨日カフェで、お前の年齢を聞いた。お前は記憶がないと言っていたのだから、自分の年齢もわからないかもしれないと察するべきだった」

「それだけですか？」

「それだけとはなんだ！　相手にとってどうということはなくても、本人には辛いことだってある。だから、軽率に聞くことではなかった。すまない」

口調は昨日と変わらない、上から目線で、高圧的だ。アリシエルのそういうところがノワリスには怖い人に見えていた。

「それと、昨日の夕食は、なんだ、思っていたよりは……」

「美味しかった？」

「不味くなかった！　そう言おうとしたんだ！」

アリシエルは口では強がるが、本質は非常に優しい。むしろ、強がっている分、他人より優しそうに見える。

（これが、サイアの漫画に描かれている〝ギャップ萌え〟というやつなのでしょうか？）

そうだ。初めて会ったばかりの人を、第一印象で決めつけるのはよくなかった。出会って二日目。アリシエルはきっと、素直になれないだけの人なのかもしれない。

「全然気にしていないのです！　アリスは思っていたよりも可愛らしい人なのです」

「うるさい。俺は顔を洗ったらもう一度寝る。ナイトが起きてきたら起こせ」

またきつい言い方をする。だが、ノワリスは今回は見逃さなかった。アリシエルの耳は、ゆでだこのように真っ赤になっている。

「アリス、気にかけてくれて嬉しかったのです！　アリスの優しさはちゃんと伝わるのです！」

「俺は！　お前に優しくした覚えはない。大げさに言うな！」

ふん！　と鼻息荒く、アリシエルは川からツリーハウスへ向かう。

「な〜にしてるの〜？　まだ起きるには早すぎるんじゃない〜？」

ナイトが目をこすりながら柵にもたれかかり、ノワリスとアリシエルを見下ろしていた。

「なになに？　二人、仲良くなっちゃった感じ？」

「はいなのです！　アリスはこんなことを言ってくれたのです！」

ペラペラと話し出しそうなノワリスの口を塞いでアリシエルは昨日のように叱るが、ノワリスはもう怯えてはいなかった。

ナイトは状況を察したようで、すぐにニヤニヤし始めた。

「眠りの森は、現在、森の侵食が進んでいるようなのです」

「つまり、眠りの森が広がっている、と」

「俺たちはそこに行って何するんだ？　眠りの森の植物は成長することも枯れることもない。動物は住んでいない、という話だろ？　行ってどうする？」

ノワリスの話に、ナイトは神妙な表情をする。アリシエルは疑問しかない。

「原因に心当たりはあるかな？」

「はい。今、スマホで情報をくまなく探しているのです。でも、緘口令を敷かれているかと疑うほど、何も出てこないのです」

スマホとは、スマートフォンの略称だ。確かラベンで言うところのノーツのことだった。

ノーツとスマートフォンの大きな違いは、確か、魔力を使うか、電気を使うかだ。

「じゃあ、ブルーノエルと眠りの森についてはなにか詳しくわかる？」

ノワリスに問うナイトの言葉で、アリシエルはあるおとぎ話を思い出す。

「ブルーノエルと眠りの森なら、国立図書館で少し読んだことがある。確か……」

大陸の戦争が終わり、四つの国はラベン王国一つとなったことで平和を取り戻した。

そんな頃、ラベン王国には偉大な精霊が住み始めた。その名は『時の精霊』。時の精霊がラベン王国を祝福し、時の精霊が住み続ける間、民に幸せな『時』が流れることを約束した。

次第に時の精霊の元に信仰心の篤い人間が集まり、里を成した。時の精霊は里の住民を愛した。

だが、そんな時の精霊を害そうとする者がいた。それを悲しんだ時の精霊は、里を隠した。それが、時の精霊の隠れ里。

長い時を生きる時の精霊に、とある住民が無礼を働いた。そうして暴走した時の精霊は怒り狂い、国を滅さんと、眠りの呪いをかけた森を広げ始めた。

そこに現れたブルーノエルは、時の精霊と交渉し、

「怒りが鎮まるその日まで、安らかに眠られよ」

と、時の精霊を眠らせた。眠った時の精霊により、森は今の状態を留めることになった。


「という話だ」

語り終えたアリシエルに、

「でも、不自然なのです」

と、ノワリスが頬を膨らませた。

「住民を愛していた時の精霊が、無礼を働いただけで怒るのは不自然なのです」

アリシエルはため息をつくしかない。

「所詮、おとぎ話だ。多少の捏造や不自然な部分くらいある」

「でも〜！」

「まあ、とりあえず行ってみよう。ノワリス、隠れ里の情報はありそう？」

ブーブー言っているノワリスに指示を出すナイトは、何か掴んでいるようにも見えた。

「あったのです。ラベン王国の重要機密の中に古い地図があるのです」

「じゃあコピーだけして痕跡を消して」

「はいなのです」

「おいおい！　何あっさり情報漏洩してんだよ、国！　大丈夫なのか⁉」

キラキラした表情でスパイ活動に精を出すノワリスに頭を抱えるアリシエルに、ナイトがにこやかに言った。

「大丈夫。眠りの森の侵食を防げば、爵位を賜る可能性だってあるんだよ？　解決したら英雄も英雄。英雄ナイトだよ」

「何が大丈夫だ！　一国民としての常識くらい持っとけ！」

ギャーギャーとアリシエルとナイトが言い合いをしているうちに、ノワリスが立った。

「地図が出たのです。早速出発するのです」

情報保管の技術は、まだノワリスの方が上らしい。

アリシエルは、もうこれ以上は言うまいと口を閉じた。

スカイドライブに乗って三十分。森は深い緑から色を変えた。木々は灰白色で、月白色の霧が立ち込めており、静かだ。

「このあたりから入れそうなのです」

スカイドライブは高さが森を見下ろせるくらいまで宙に浮くことができる。木々の下のほうに霧が集まっている感じだ。

「これ以上は空からじゃわからないね。降りようか」

「はいなのです」

スカイドライブを駐めて、周りを見渡す。

ドスン……ドスン……。

嫌な音がする。

「なあ、ナイト。森には生き物はいないはずだよな？」

霧を気にしながらナイトは方位磁針を取り出して周りを照らす。方位磁針についている茶色の石は、十中八九《じっちゅうはっく》ナイトの守護石のようだ。

「そうだね。フンババ以外」

ノワリスがスカイドライブの後ろから、大きすぎるサイズのリュックを取り出す。

「フンババ？」

木々を跨《また》ぐように影が近寄ってくる。

「うん。フンババ。隠れ里の番人」

「グァァァァア！」

巨体を揺らし、歩いてくる。声は完全に威嚇のそれだ。体は猿のようだが、毛は薄く、猿人というより巨人だ。手には棍棒を持っている。

「戦うのです？」

ノワリスは大きなリュックからバズーカを取り出す。

「フンババが出てきたということは、ここはやっぱり隠れ里の入り口で間違いないみたいだね」

うんうん、とナイトが満足げに頷く。

「そんな場合じゃないだろう⁉　俺たちで勝てるのか？　倒してもいいのか⁉」

「撃つのです」

ドカーン！

ノワリスは近づくフンババに容赦なくバズーカをぶっ放した。

「おい！」

「グァア！」

フンババは棍棒で顔を守ったらしく、棍棒が少し欠けた。ノワリスからフンババまでの距離はそこそこある。建物の三階あたりがフンババの顔だ。

「足りませんか」

「そんなすぐにぶっ放すな！」

悔しそうなノワリスの頭を、アリシエルは手加減なしに殴る。

「痛いのですぅ！」

今の攻撃で完全にフンババはノワリスを敵だと見なしたらしい。仕方ないことだが。アリシエルとノワリスに向かって勢いよく棍棒を振り下ろした。ブォンと音が鳴る。反射的にアリシエルはノワリスを抱えて横に飛び退き、バキバキと音を立てて低木の陰に転がり込んだ。

枝がチクチクと痛い。ゴスンと大きな音がする。なんとかフンババの視界からは逃げられたようだが、アリシエルとノワリスを狙った棍棒が地面に食い込んでいる。棍棒の奥にナイトがいたはずだ。

「ナイト！　大丈夫か！」

「ノワリスには怪我のことをきいてくれないのですか〜！」

「お前のせいだろ。怪我くらいどうにかしろ」

「冷たいのです」

二人が言い争いをしているとナイトの声がする。

「フンババはアリスとノワリスを敵だと判断したみたいだ。僕に攻撃はしてこないようだよ。というか、なぜか僕に被害が出ないようにしているみたいだ。攻撃したのが悪かったんじゃない？」

ナイトは笑っているが、そんな場合じゃない。アリシエルが叫んだ。

「命に関わる問題なんだぞ！　おい、ナイト。どうにかできないのか！」

「知らないよ。僕はここら辺を調べてみる」

今度はフンババの足が降りてくる。

「もう見つかったのか⁉　ノワリス、お前のせいだからな」

アリシエルはノワリスを抱えて横に転がる。

「ノワリスは自己防衛をしただけなのです」

どうやら声で場所を特定されたようだ。が、フンババは視力が悪いらしく、アリシエルたちが先ほどまでいた場所を踏み潰している。

「ノワリス、そのバズーカで急所を狙え」

「人間以外の急所なんてノワリスは知らないのです。あれですか？　人間の男性と急所は同じですか？」

「ふざけるな！　とりあえず、色々な方向から攻撃して弱点を探すんだ」

ノワリスは鼻で笑う。

「そういうことなら簡単なのです。ノワリスを下ろすのです」

「だが」

「考えがあるのです」

フンババは眠りの森の植物を傷つけようとはしない。先ほどからアリシエルとノワリスのみを狙っている。二人に向かっている時も、木を踏みつけようとはしなかった。

一番近くにある大木の影に隠れ、アリシエルはノワリスを下ろす。フンババは巨体のせいか動きが遅く、まだ一分くらいは時間が稼げそうだ。

「どうするつもりだ、ノワリス」

ノワリスはリュックの中をガサゴソと漁っている。

「フンババが来たら、アリスが足止めをしてほしいのです。動かれると困るので、意識を一瞬だけそらすのです」

ノワリスの目は爛々《らんらん》と輝いている。

「わかった」

アリシエルは腰に下げた短剣を抜き、スラリと構える。この短剣はアリシエルの媒介。ナイトでいう方位磁針のようなもの。使わなくてもいいが、あれば魔法が使いやすいのだ。アリシエルの守護石は、剣のツバに埋め込まれたレッドダイヤモンドだ。

(大丈夫。俺にもできる)

緊張で腕が震える。これは学校での模擬戦ではない。一歩間違えば、ノワリスも巻き添えだ。けれど、誰かを故意に傷つけるのは初めてだ。怖くないわけがない。

チラリとノワリスを見る。その目は、意外にも冷静だ。

(それはそうか)

出会った時も、大男を一人で、魔法も使わず倒した少女だ。ノワリスも、おそらくナイトも、ぬるい世界に生きていたわけじゃない。

二人に比べれば、アリシエルは思っていた以上に箱入りで、ぬるま湯につかって生きていたのかもしれない。

フンババはすぐそこまで来ている。深呼吸を数度し、アリシエルは腹を括った。

「三、二、一で行くぞ」

短剣の切っ先をフンババに向ける。

「今じゃなかったです？」

「あたりまえだ！」

ノワリスは散弾銃を発射させていた。

「グワァアァ」

フンババの咆哮《ほうこう》が響く。

「おい！　ノワリス、何してるんだ！」

「ごめんなさいなのですぅ！」

散弾銃の一つがフンババの目に当たったらしい。棍棒を落として目を覆っている。

「アリス、ノワリス！　危ない！」

痛みに狂ったフンババは右手で目を覆い、左手でアリシエルとノワリスを薙《な》ぎ払おうとしている。

ナイトの声が遠くに聞こえる。完全にアリシエルとノワリスは不意を突かれていた。悪あがきでノワリスを突き飛ばす。

「アリス！」

そこでアリシエルの意識は途切れた。

「アリス、大丈夫かな〜」

フンババは呻き声をあげている。ナイトは視線をそらすことなくフンババを眺める。

「グ、アアァァア」

ノワリスの放った散弾銃が相当効いているようだ。呻き声を上げるが、ナイトを攻撃する気はなさそうだ。

「大丈夫かい？」

方位磁針を構えながら、ナイトがフンババにゆっくりと歩み寄る。

「ノワリスとアリスが失礼をしたみたいだね。申し訳ない。僕が代わりに謝るよ」

「グゥゥ、ウゥ。アア」

フンババは身を捩《よじ》り、のたうち回る。

「僕なら君を助けてあげられる。だから、少しだけお願いを聞いてもらってもいいかな？」

方位磁針から吹き出しが浮かび上がった。

『願い、時の精霊様、聞いてくれる。お前、連れていく』

「お？　どう言うことかな？」

ナイトが呟いた時、フンババはガシリとナイトを掴み上げた。

「グアア」

ぴー、ちゅん。

どこかで小鳥の鳴き声がした。影が一瞬、視界をよぎった気がする。

「大丈夫？」

爽やかな緑の香り、澄み渡った水の香り――。涼やかな女性の声だ。

（ノワリスの声じゃない。ノワリスは、大丈夫か？）

全身が痛い。脳震盪を起こしたのか、頭がぼんやりする。頭のふわふわとした感覚のせいか、いつもよりも思考が緩やかで、危機感もない。まだ陽は高いようで、視界は真っ白だ。

「聞こえないのかな。大丈夫？」

再びかけられた優しい声。返事をしなければ、せめて目を開くことくらいは――。アリシエルは重い瞼を開いた。

新緑と、滝。そして、

「……半透明の、女性？」

アリシエルを見下ろす、半透明の女性がいた。

「気がついたのね。もう一人の子は無事よ。起きて小屋のほうへ走っていってしまったわ」

「幽霊⁉」

初めて見る半透明の女性――。アリシエルは思考をフルに回転させたが、どう考えてもそんな生き物は存在しない。

女性は穏やかに微笑んだ。

「あなたは？」

幽霊などではあってほしくない。しかし、どう見ても、半透明である。女性の奥の滝が透けている。水は流れているが同じ映像が繰り返されているようにも見える。ここは眠りの森か――。

「アリシエル」

アリシエルはそれだけ呟いた。いや、絞り出した。とはいえ、女性は想像の幽霊とはほど遠い。

「あなたは、ここで？」

「そうねえ。どれくらい経ったかしら」

ふんわりと笑う女性は、思いの外、間の抜けた幽霊だ。

「いいものはっけ～ん！　なのです！」

小屋の外までノワリスの声がする。

（あっちはあっちで何をしているんだ！）

ナイトといい、ノワリスといい、三人で旅に出てからアリシエルの気が休まる暇がない。

「あらあら、そこは私の家なのだけど。随分おてんばなお連れさんねぇ。あまり見られると恥ずかしいわぁ」

うふふ、と女性は頬に手を当てて笑う。

「すまないが、説明は後で。ノワリスを連れてくる」

ここは眠りの森の範囲内の場所らしい。水は流れているし、泉に溜まっていくが、水の量は変わっていない。水が溜まるとまた滝に戻されているようだ。小屋は本当に小さく、木こりの作業場のようにも見える。

ガサゴソ、たまにゴン、と重い音がする。

「ノワリス！　勝手に動くな」

「アリス！　目が覚めたのです？　そうなのです！　ここの情報が出てきたのです！　きっとナイト様と合流したら褒めてもらえるのです～！」

ホコリひとつない小屋には女性の生きていた時間を把握できるものはない。眠りの森はその時間を止める。水も、風も、植物も、全ての時間が止まっている。この小屋も例外ではない。女性が自身の死んだ時間を把握できないのも無理はない。

「元気そうでよかったよ。で？　何を見つけたんだ」

アリシエルは、もうノワリスの奇行を咎める気は失せた。ノワリスは簡素な小屋の引き出しを開けた。

「ここの住人の日記なのです。時間は五百年前と見て間違いないのです。でも、ノワリスは文字が古すぎて読めなかったのです。アリスは読めるのです？」

表紙には一言、

――一人じゃありませんように、とある。

アリシエルはそっとページをめくる。


「ねえ。さっき吹き飛ばした人たちは大丈夫かな？」

『敵は、知らない。お前、精霊様、救える』

先ほどからこの言葉しか繰り返さないフンババに、ナイトは声をかけることを諦めた。

ガシリ、と鷲掴みにされているが、苦しいほどではない。フンババの気遣いが不器用で、アリシエルを思い出す。ナイトはフンババの指に頬杖をついて、流れる景色を眺める。

視界はどんどん変わり、眠りの森の最奥までやってきた。そこには地図に特別な印のあった山が近い。フンババよりも大きいところを見るに、何やら秘密が眠っていそうだ。

山まで行くのかと思ったら、フンババは手前で立ち止まる。太陽の光を反射して、透明な膜が見えた。

「結界？」

『フンババ、来た』

フンババが呻き声をあげたと思ったら、吹き出しが出てきた。フンババの声に反応したということだろうか。

結界がゆらめき、フンババは歩を進める。ぬるり、と結界を抜けると、集落が見下ろせた。

「隠れ里は本当にあったのか」

小粒に見える人間がワラワラと集まってくる。

「フンババ様！」

「モリビト様！」

「グアァア」

フンババはこの集落、隠れ里では人気者らしい。言葉を介さずにコミュニケーションをとっているが、隠れ里の住人とフンババはしっかりと、お互いの言葉を理解しているようだ。

（家族、みたいなものなのだろうか。だとしたら、僕は……）

そこまで考えて、思考を止める。これ以上は無意味だ。

「フンババさま。そのお兄さんはどなた？」

フンババの手に鷲掴みにされているナイトを見つけた小さい女の子が、ませた話し方をする。

隠れ里もナモエも変わらない。

「お兄さん、私はカナイ。よろしくお願いしますね」

「グア」

フンババは困った顔で言葉を探しているように見える。

「僕は友人と迷子になったんだ。そのままはぐれてしまってね。少し話を聞かせてくれないかな」

ナイトはニコリと微笑み、できるだけ柔らかく伝える。

「フンババ様がお連れになった方は、客人としてもてなす決まり。さあ、お客人。しがない里ではありますが、ご友人探しも手伝わせていただきます。どうかゆっくりしていってください」

「長老……」

年季の入った顔に、曲がった腰、長いひげ。杖をついてしか歩けないお爺さんが、しかし誰も逆らえない威厳がある雰囲気で話す。集まって客人を珍しそうに眺めていた住人たちはすぐに態度を改めた。

「フンババ様。ここからはワシがお客人をもてなします。お仕事へ戻ってください」

ゆっくりとナイトは地面に下ろされる。

「グアア」

背中を向けたフンババを見送ろうとしたナイトは、約束を忘れていたことに気づいた。

「フンババ。約束、忘れていたよ。僕の友人が迷惑をかけたね。ごめんね。癒やせ」

方位磁針から柔らかな光が飛び出し、フンババを包んだ。光が消えるとフンババは驚いた表情で目を撫でる。痛みがないことに驚いているようだ。しばらく体の痛みを確認して、フンババはこちらにドスン、ドスンと戻ってきて、屈《かが》んでナイトを見下ろす。フンババは屈んでもナイトより遥かに大きく、ナイトの二倍はありそうな手を差し出した。

「これで約束は守ったよ。もう、怪我をしないようにね」

パシン、とハイタッチをした。フンババはどこか嬉しそうな表情だ。

「ブルーノエル様!」

フンババが機嫌の良さそうな足取りでどこかへ去っていくと、長老が大声を上げた。

「何?　僕のこと?」

杖を捨てて走ってくる長老は相当なご老体であるらしい。足は遅いし、ふらふらとおぼつかない。走っているが、ほとんどスピードは出ていない。

「長老?　あまり興奮して暴走しないほうがいいよ。もう若くないでしょうに」

ナイトは倒れ込んだ長老を抱き止める。不安になるほどに軽い体だった。

「フンババ様があのような顔をされるのはブルーノエル様にちがいない！　ブルーノエル様が今日、再びこの地を訪れてくださった奇跡に感謝いたします！　きっとこれも時の精霊様のお導き。どうか里を代表して、このおいぼれの願い、もう一度お聞きくださらぬか」

長老はすがるようにナイトの腕を掴んで見上げる。住人たちは揃って頭を下げた。ナイトとは比べ物にならない年月を生きてきたであろう長老が、ここまで必死に願ってくることに興味がある。そしてナイトはここに来た意味を思い出す。必死さに付け込んでは汚いやり口な気もするのだが、こちらも並大抵のことでは諦められない理由がある。

「僕の名前はナイト。ブルーノエルではないんだ。長老の望んだ人物じゃなくて申し訳ない」

長老は白さが目立ってきた目を見開いた。

「ですが……。そうか、騎士様を連れてはいないようですし……」

思案するように視線を彷徨《さまよ》わせてから、住人が差し出す杖を受け取り姿勢を正した。

「ナイト様、取引はどうでしょうか。ブルーノエル様と見紛う容姿のお方が、こんなしがない里にやってこられたのは何か事情があってのことでしょう。一回だけ、ナイト様のお力になると、里の住民を代表してお約束いたします。その代わり……時の精霊様をお救いください」

時の精霊・フォルトゥナ

ナイトは時の精霊の眠る大木へ連れていかれた。断るつもりがなかったとはいえ、返事を返したらすぐに行動に移った住民たちに不満がないとは言えない。

しかし、それだけに住民たちが危機感を覚えていることがわかる。

大木の洞《ほら》に赤子のような姿で眠っているこの生き物が、時の精霊だという。寝顔は神秘的なほど美しいが、時折、涙を流したり苦悶の表情を浮かべる。

「時の精霊様は、ここ半年ほど、このように苦しそうな表情をされるのです。ブルーノエル様が時の精霊様を安眠させてくださった千年前から、里の住民は皆で時の精霊様を守護してきました。しかしこのようなお顔をされるのは初めてなのです」

時の精霊の額に小さな雫が流れる。住民は時の精霊以上に苦しそうな表情をして、額を拭った。

「どうか、どうか……時の精霊様をお救いください」

こんなに頼み込まれては、「いや無理です」とも言えない。

若い男性から小さな少女カナイの姿まである。集まった住民たちは皆一様に頭を下げた。

「絶対とは言い切れないけど、方法がないわけじゃない。僕は僕で頑張ってみるから、長老、僕の友人を捜してもらってもいいかな。僕一人じゃあ難しいかもしれないんだ」

住民たちはパアッと表情を明るくした。

「ありがとうございます。ありがとうございます……」

長老は拝むように手を合わせる。住民はアリシエルとノワリス捜しへ。長老は参考になれば、と時の精霊の資料集めへ。残ったナイトは悪夢を見ている可能性を考えて、時の精霊の夢への侵入を試み詠唱した。

「まほろば」


精霊も夢を見るのか？　なんて軽いことを考えていたが、時の精霊は想像以上に状態が悪いかもしれない。真っ暗な意識。瞼の裏のような暗闇が続いている。朝方や昼間なら光が届いて、母親の腹の中のような心地よさがあるだろう。だが、時の精霊の暗闇は、どこか冷えていて、音もなく、際限なく闇が続いているように感じる。もし、長い間こんな闇に包まれていたら、ナイトは心を病んでしまうだろう。

この暗闇には時の精霊の意識が感じられない。とするなら、ここは時の精霊が見ている夢の中ではない。いわば、現実と夢の狭間、といったところか。

「絶望的な夢を見ているわけではない可能性を信じたいけど」

少しホッとして、時の精霊の夢への入り口を探す。

「フォル」

微かに、けれど無音なこの状況では、はっきりと聞こえた。

「カナ！」

小さな子供が戯れるような、微笑ましい声だ。おそらく時の精霊の夢に近づいているのだろう。ただまっすぐに歩いているつもりだったが、変化があって助かった。夢の世界に入るのは、初めてだが、直感でそう感じた。

微笑ましい声がくり返す度に、なぜだかだんだんとナイトの涙を誘う。不安感や悲壮感、懐かしさや恋しさ、さまざまな感情がナイトの心を支配せんと渦巻き始める。

冷たい暗闇では、その声が唯一の希望のようにも思えるから、なのか。

「違う、この気持ちは僕のものではない！」

体はここにはないため、涙は出ない。けれど雫が涙のように溢れ出てくる。溢れた時は少し温かいが、頬をつたい顎から滴り落ちる頃には冷えて、心のみならず、頬をも冷やしていく。その雫が熱を失うことが物悲しく感じる。

ついに歩くことすらできなくなり、膝から崩れ落ちた。声は一層近づいて、ナイトを支配する感情と反して幸せそうだ。

肩にヒヤリとした手が触れた。耳元で囁かれる。

「ねえ、君ならどうする？」

無機質な声だった。


「うぅ」

目が覚める。空は赤くなっていた。ナイトは時の精霊の右手を握り、うつ伏せになって眠っていた。すぐ横には数冊のファイルが積まれていて、杖にもたれて長老がうたたねをしていた。

時の精霊の呼吸は、少し落ち着いている。

「君ならどうする、かあ。難しいな〜！」

ぐうーと伸びをしたら長老もゆっくりと目を開けた。あの夢の中で感じた負の感情は嘘のように消えている。

「ナイト様、時の精霊様は⁉」

こんなにも愛されているのに、どうして時の精霊の心はあんな空洞を作ってしまったのか。

「ちょっと無理」

「そんな⁉　何か我々にできることはありますか？　諦めないでください！　ナイト様が我々の唯一の希望なのです！」

ヨボヨボしている長老は、どこにそんな力を隠し持っていたのか、ナイトの服の襟元を掴みガクガクと揺らす。

「お手上げとは言ってないから！　情報と友人がいたらもう少し頑張れるから！　頭を揺らさないで！」

「そうでしたか！　ですが、調べたところ時の精霊様は自身の情報をあまり残してはくださらず……眠られる前の精霊様は独自の文字で書かれた落書き帳くらいしか残しておりません。お力になれず申し訳ございません」

渡されたのはスケッチブックだ。パラパラと見るが、本当にただの落書きにしか見えない。

落ち込む長老に、ナイトは微笑んだ。

「大丈夫。心配しないで。僕はできる子だから。安心して待っていて」

長老の背を軽く叩いて樹洞から出る。赤い空に、青い小鳥が気持ちよく鳴いて飛んでいた。

ここに、私とフォルトゥナとの出来事を記録していこうと思う。私はいつか死んでしまうけれど、フォルトゥナはきっともっと長い時間を生きるのだろう。私が死んで寂しく思うかもしれない。あの子は寂しがりやで、とても繊細な子だから。

私が初めてフォルトゥナと出会ったのは、いつだったか。

私は不治の病に侵されていた。うつることを心配する人や、呪いだと怖がる人がいたから、私は熱心に看病してくれる家族から離れ、一人で死ぬことを選んだ。

絵本で読んだ、時の止まった森。眠りの森は、永眠にはもってこいの場所だと思った。まるで森も一緒に眠ってくれるみたいだと。そんな気持ちと、自分の足で本でしか見たことのない世界を目指すことが新鮮で楽しかった。

眠りの森は美しかった。けれど、寂しくも感じた。

無事に森に着いたが、この森を生み出した魔法使いか、精霊か、生み出した者の悲哀を感じたのだ。病気の私を忌み嫌う町の人たちや、治らない私に同情する家族を見ていた時に養われた感覚だった。

誰の目も気にしなくていいこの森は、寂しくはあったが、自由だった。

森で生活しながらあてもなく歩き回った。そして、フォルトゥナに出会った。

「お前、なんでずっとここにいるの」

最初は声だけだった。けれど、声だけで、この声の主がどんな人なのかは容易に想像がついた。

「ここが、心地が良いからです」

「こんな退屈な森が心地良いなんて、そんな言葉で簡単に利用されるなんて思わないことだね」

ツンツンとした言葉だが、ほんのりと、期待の気持ちが滲んでいることに、私は気がついた。きっとこの声の主も、私も、寂しい思いをしてきたのだ。もう寂しい思いをしたくないから、人に心を許すことをやめた。でも、寂しさだけでは生きていけなくて、もしかしたらと期待してしまう。

だって、本当に一人で寂しく生きようと思っているのなら、わざわざ私に声をかけない。

「私はもうすぐ死ぬのです。せめて、この森で死ぬことを許してくださいませんか？」

声の主に話しかけたが、返事はなかった。それでも、この森での生活は楽しかった。

自意識過剰かもしれないが、声の主が見守ってくれている気がしていた。だから、たまに声をかけた。この森は寂しいと思っていたが、声の主がいると思うだけで心が温かくなった。

ある日の深夜。胸が痛くて目が覚めた。苦しくて寝転んだままうずくまる。

「はあ、はあ……」

きゅう、と締めつけられるようだ。

「ねえ、お前本当に死ぬの？」

何日経ったか覚えていないけれど、久しぶりに聞いた声だった。心配なのか、焦りなのか。信じられない、というのが近いかもしれない。

「ねえ。答えてよ。お前、ぼくを利用しに来たんじゃないの？」

薬も飲まず、安静とはほど遠い生活を楽しんでいたのだ。そろそろ発作が出るのも仕方ないとは思っていた。

「……はい。私は死にます。今日かもしれないし、もっと先かもしれません。でも……」

「死ぬのに、なんでこんなところで遊んでいるんだよ！　ぼくの力を利用して生きようとしたんじゃないの？　ねえ！」

発作に続いて過呼吸まで始まる。本当に、もう長くないのかもしれない。

「最後に、声の主さんに、会いたかったです」

苦しい中、なんとか最後に声の主と話したかった。

「ねえ、なんでここに来たの？　なんで苦しそうなのにぼくに話しかけるの？　ねえ！」

声は焦りと不機嫌さを増していく。

「声の主さんのおかげで、寂しくなかったです。楽しかったです」

「ねえ！」

「ありが……と……ございま……す。ここに、置いてくれて」

意識が遠のく。

ああ、これが私の最期。悪くない、でも……

「最期に、声が聞けて、嬉しかったあ……」

「あー、もう！」

苛立った声が聞こえた時、遠のく意識と重い体がふわりと浮き上がるように軽くなる。

呼吸も次第に落ち着き、苦しかった胸もスーッと楽になった。

口に驚くほど苦い液体を感じたことで、まるで現実に引き戻されるかのように目を開いた。

「ゴホゴホッ」

なんとか液体を飲み込み、上体を起こした。咳が落ち着き、呼吸が整う。

「ねえ、答えを聞いてないいんだけど」

機嫌の悪そうな声がすぐ右側から聞こえてきた。驚いて立ち上がり、そちらを向く。七歳くらいの男の子が腕を組んでいる。背中から妖精を思わせる羽根が生えていた。さらさらとした白髪に、真っ赤な瞳はまるでこの世の者とは思えない神秘的な容姿だ。

「天使さんですか？　妖精さん？」

男の子はぷくーッと頬を膨らませた。

「ぼくはこの眠りの森を作った張本人！　時の精霊って聞いたことくらいあるでしょ？　知らないなんて言わせないから。この羽根が天使に見える？　妖精なんて低い身分のやつらと同じ扱いしないでよ」

ツンとそっぽを向く精霊さんの手には、この森で何度か見かけた雑草が握られている。

「助けてくれたんですね。ありがとうございます。その雑草は、薬草か何かですか？　それで助けてくれたんですね」

「お前を助けたのはぼくの力。この雑草はキューイ草。昔、子供たちと罰ゲームでかじったんだ。お前が起きるかと思っただけ」

懐かしさのあまりか、うっかり過去の話をした精霊さんは、しまった、というような顔をして私の表情を窺う。まだ、聞いてはいけないことだろうか。それでも助けてくれたのは、少しは仲良くしてくれるということだと思いたい。

「とりあえず、お前を助けたのはぼくだ。面倒くらいなら見させてあげる」

「はい。ありがとうございます」

「嫌がるところじゃないのかよ！　そこは面倒見てあげるじゃないの？　って言えよ！　まあ、ぼくを利用しようとしたら、そこらへんに捨ててやるからね」

そうして、時の精霊さんは私に姿を見せてくれるようになり、他愛もない世間話や思い出話を当たり障りなく話した。

そして夜、私が眠る前に必ず聞いてくる。

「ねえ、お前はいつ死にたい？」

私はその問いに、いつも決まって答えた。

「時の精霊さんが寂しくなくなったら、ですよ」

そして、時の精霊さんはいつもと同じことを言った。

「じゃあ、ずっと一緒にいてね」

それは小さくて、頼りない声だ。絶対に私には聞かせない。そんな意地を感じる声だった。それでも、言わずにはいられない。きっと時の精霊さんは無意識にそう呟いていたのでは、なんて考えてしまう。だから私はこの返しは聞こえないふりをするのだ。

朝はいつも横で私を眺めている。私の右手を握った時の精霊さんは、私が起きるまで、ずっと傍にいてくれる。眠る時は私が眠るまで。起きる時は私が起きるまで、ずっと。

「おはよう。遅い」

私が起きると、ほっとしたような、安心したような柔らかい表情で、不機嫌そうに言う。

でも、今日は違った。起きた時、私が起きるのを待っている顔が見えない。

「時の精霊さん？」

私の生活音と、時の精霊さんの声以外音がない森は、最近の賑やかな生活が恋しくなるほど静かだ。

「時の精霊さん、またイタズラですか？」

それとも、私はまた一人になったのだろうか？

でも、私は一人に慣れている。私は嘘に慣れている。私は一人でも大丈夫。

初めて聞いた時の精霊さんの期待した声。私が発作を起こした時、すがるようにかけられた声。朝、私が起きると聞こえる、ほっとした表情と安心した声。

きっと時の精霊さんは一人ではいられない。強がりばかりで寂しいなんて一言も言わないけれど。私が慌てて捜してもきっと強がるけれど。

捜さなきゃ！　もう、時の精霊さんを一人にしたくない！

でも今、ここにいないのは過去に関係があるのだろうか。私が何かしてしまったのだろうか。ぐるぐる頭の中を巡るのは、時の精霊さんが一人で寂しい思いをしているのではないかという心配だ。

歩き回った森は、もう自分の家の庭のようなものだ。私といない時、時の精霊さんはどこで何をしていたのか、私は知らなかった。理由は簡単だ。お互いがお互いの話を聞かなかったから。

傷つくことも、傷つけることも、誰かのそばにいるなら当たり前に起きること。一人になりたくないからと、踏み込まないでいる間はきっと、不安なままだ。

聞かなくちゃ。時の精霊さんの怖いことも、嫌なことも、好きなことも好きなものも。一人になった、理由も。

「私も、ちゃんと話すから。だから離れていかないで！」

心の中で叫んだ時、音楽が聞こえた。

「時の精霊・フォルトゥナ様。今年も我らの里に安寧を」

巫女装束の女性が二人、音楽に合わせて舞を披露する。

そこは私が眠りの森に入ってきた位置とは少し離れた場所だ。大男の石像まで、丁寧に手入れがされている。私は人に見られないように端で見守る。こんなに信仰してくれる人がいながら、なぜ時の精霊さんは一人なのか。

「来たんだ」

いつもの子供じみた表情はしていない。悟ったような、一線を引いているような。そう、感情移入しないようにしている。そんな表情だ。

「時の精霊さんは、フォルトゥナ様っていうんですか？」

風船のようにパンと弾けてしまわないように、ゆっくり、柔らかく努めて声をかける。

「うん。ぼくは初めて出会った人間にフォルトゥナって名前をもらった」

里の民たちから視線をそらさないフォルトゥナさんの瞳は、一秒も無駄にしたくないという愛情に満ちていた。でも、まるで自分にできるのは見守ることだけだと言っているようだ。一歩踏み出せば、彼らに姿を見せられる。一歩踏み出せば、もうあんなに苦しそうだった一人ぼっちじゃなくなるのだ。それをしないのは、私の勝手な想像だと、『過去』にあった『何か』のせいだろう。

「姿は見せないんですか？」

フォルトゥナさんは首を振った。

「できないんだよ。お前にはわからない」

私は一瞬、怯んでしまった。今まで触れないでいた一線を明確にされた。これを超えたら、一人ぼっちか、明るい未来か。究極の選択だ。

聞かなくちゃ！

ついさっき決めた覚悟が頭をよぎる。ここで踏み込まなかったら、また同じ後悔をする。

儀式が終わってもフォルトゥナさんは動かない。儀式の撤収まで見守るつもりなのだろう。

「私はカナイと言います。アズという林業で栄えている町に住んでいました。家族は三人。父と母、そして幼い弟です」

フォルトゥナさんはゆっくりとこちらを見た。

「私は名前もわからない不治の病を患い、家族は町の人に疎《うと》まれました。両親はまだ乳飲み子の弟を放って私の看病をしなければならず、高い診療代と薬代を捻出することにも苦労していました。だから、もうこれ以上家族の負担になりたくなくて家を出ました」

「どうして病気をしただけで嫌われるの？」

「病気がうつるかもしれないから……。何かの呪いなのでは？　実は町の人たちはそう思っていました」

「そっか……。それで終わり？」

私の恐ろしい病気のことをまったく気にしていない様子で、フォルトゥナさんはしゃがんで私の隣に座った。私は、フォルトゥナさんが毎朝そうしてくれるように、フォルトゥナさんの左手を握る。

「小さい時に読んだ絵本に、眠りの森が出てきたんです。いつか行ってみたいとずっと思っていたここに、やっと来ることできました。静かで穏やかな、この美しい森で死にたかったから……。そして、フォルトゥナさんに出会えました」

撤収が終わった頃には、太陽は夜に追われていた。

「フォルトゥナさんは」

「フォルで良いよ。昔の人も、そう呼んでた」

フォルの表情は少し硬くなった。

「フォルは、どうしてあんなに信仰してくれる里に下りていかないのですか？」

「……傷つけたくないから」

話さないつもりはないのだろうが、いつもよりも言葉がキツいし、返事も遅い。私を傷つけたくない、悲しませたくないという感情を、いつもよりも強く感じる。

「そうですか。私に初めて声をかけてくれた時、どこから私を見ていたんですか？」

「………言いたくない」

「そうですか」

大男の石像を、儀式に来ていた里の民はフンババ様と呼んでいた。

(誰がなんのために建てたのだろうか？　フォルには似ていないな)

「ねえ！　ぼくが話すまでここで座ってるつもりだったの⁉」

ぼんやりと子供たちを眺めていたら、フォルは怒って手を振り払い立ち上がった。

「はい」

「はい、って……」

「私は、フォルが寂しくなくなるまで一緒にいます。きっと寂しくなくなったら話してくれますよね。だから時間がかかっても、ずっと話してくれなくても、待っていますから」

私が微笑んで見せると、フォルはため息をついた。

「だからって、こんな時間までいなくてもいいじゃん」

「はい？」

フォルは空を指差した。

「空！　太陽がもう沈んじゃってるの！」

「本当ですね。そういえば少し眠たくなってきました」

「お前はのんびりしすぎ。今日は寝るよ」

振り払ったはずの私の右手をそっと握って立ち上がると、辛そうな表情で言った。

「明日、ぼくの秘密基地に連れていってあげる。お前が知りたがってるぼくの過去がわかるから」

もしかして、私が話したから、自分も話さなければと負担になったのだろうか。だとしたら私は聞かないほうが良いかもしれない。

私が死んでしまったら、フォルはまた一人になる。私が生きている間にフォルが寂しくない環境を作ってあげたい。生まれてから今日まで、私は何も成していない。死を感じた時、私はフォルに救われた。寂しい者同士の出会い。何も成していない私が生まれたのは、フォルを孤独から救うためだ。だったら、私は――。

「では、フォルと私の秘密基地も作りましょう！　二人で作ったら楽しいですよ。私、秘密基地を作るのが夢だったんです」

「なんでそうなるの⁉」

まだ、口調には無理を感じるけれど、表情はいつものフォルだ。

「楽しみですね～」

「バカだな。カナは」

いつもの照れ隠しの小さい声。でも、今日は少し素直だ。明日を超えたら、私もフォルも良い方向へ進む。その証拠に、フォルは私を愛称で呼んだ。

「ねえ、早く起きて。約束を忘れたの？」

ぎゅむ、と鼻をつままれて目が覚めた。

「おはようございます、フォル」

「うん。おはよう、カナ」

苦々しい笑顔を見せるフォルトゥナは、少し辛そうだ。でも、今しかない。じゃないと、私もフォルも、前に進めない。

フォルが用意してくれていた朝ごはんは、優しい風味と、初めて会った日の雑草のような味がした。食べ終わると、フォルは私の右手を両手で掴んだ。

「どこにも、行かないでね」

両手で握り直す。

「フォルが寂しくなくなるまで、私はずっと一緒です。でも、その時はきっと、私と二人ではありません」

フォルは俯き、眠りの森の最奥に位置する山を目指すと言って歩きだした。

「ぼく一人だと移動も楽なんだけど。カナは人間だからね」

歩き始めてしばらく経つと、フォルはいつもの憎まれ口を叩き始めた。

山を登ると、山頂には里が広がっていた。しかし、人も動物も動かない。

「フォル、ここは？」

「ぼくが守っていた、昔の里。全部焼かれちゃったけど、ぼくだけは覚えていたくて、木彫りの里を作ったんだ」


かつてぼくは大精霊としてこの森と里を守っていた。

ぼくはここに住み、里の民と人間同然に暮らしていたんだ。

けれど、ぼくの力を狙って里を訪れる者も少なくなかった。里の民はそんなぼくを守ってくれていた。

ある日、しつこくぼくの力を狙う人たちが現れた。ぼくも里の民も断ったんだけど、その日の夜、里に火を放った。

ぼくは、確かに強い力を持っている。だけど、その力で人間を傷つけることはできない。みんなそれを知っているから、ぼくを里の奥の隠れ家に隠して里を襲撃する人たちと戦った。

ぼくは無力で、何もできない自分が憎らしかった。

ぼくはみんなを、あんなに愛していたのに。みんなはぼくを、あんなに愛してくれていたのに。それなのに、自分のせいで苦しめている。なんで優しい人たちが、こんな思いをしないといけないんだ。

音がやんだ。足音が聞こえる。みんな無事だったんだ。きっと皆、笑ってこう言うんだ。

「家が壊れてしまいました。明日からみんなで直しましょう。今日は無事を祝ってお酒を出します」

そっと隠れ家の戸を押した。開かない。重い。悪い予感がした。

「ウソだ……」

まさに昨日、一緒に遊んだばかりの子供たちが、体を寄せ合って戸を塞いでいた。その前には、里一番の農家の夫婦が、クワを持って倒れている。ぼくの足は震えていた。里を守る剣と呼ばれる元騎士のおじさんは血だらけだ。

相打ちだったのだろう。ぼくを狙った者たちの姿はない。ただ、里の民が倒れているだけだ。

「もういい、もういいんだ」

涙が溢れる。ぼくのために戦わないで。ぼくのために傷つかないで。

ぼくのせいだ。ぼくがいなければ、人間と関わらなければ、誰も傷つけない。

「だから、里は残っていないんだ。みんなを埋葬して、里のあった場所にぼくが木彫りの里を作った。ぼくの力を狙う者が気味悪く思うように、眠りの森でぼくを守っているんだ。

フンババがカナを眠りの森に入れたのは、カナの無害さに気がついたからだろうね」

フォルは懐かしむ目で木彫りの子供たちを撫でる。

「フンババ？」

「石像だよ。この森に入ってくる悪人に反応して邪魔をするんだ。殺しはしないけど、里を害した者がもう入ってこないように作ったんだ。ぼくは人間は傷つけられないけど、何かを守るためなら、少しだけ力を使えるんだ」

フォルの辛く悲しい過去に、私は言葉が出なかった。

「でも、大丈夫だ。ぼくはもう一人じゃない。カナがいてくれるんでしょ」

「ねえ、もう一度、初めから里を作りましょう」

「はあ？　言ってる意味わかってる？」

私は揺るがないように、できるだけ強く気持ちを持った。

「眠りの森の中に、隠れ里を作りましょう。誰にも内緒の隠れ里。寂しい人だけを集めて、フンババ様に守ってもらって。そうしたら、みんなもう寂しくない。そうでしょう？」

「でも、ぼくの力を狙って……」

「大丈夫です。もう時の精霊はおとぎ話。今も信じているのは、あの小さな里くらいですよ。木彫りの里の人たちがつないでくれた縁、なんじゃないですか？　失う恐ろしさも、覚悟を決めたら何よりも強い力になるはずです」

「勝手にしなよ。ぼくは知らない」

そうして、私は捨て子や病を患っている人を迎えに行っては眠りの森に集めた。

何年、何十年。どれだけ経ったかわからないけれど、儀式を行っていた里の人たちも次第にフォルの存在に気がつき始めた。そして、何度もここを訪れてはフォルに声をかける里の人たちに根負けする形で、何度目かの儀式の時に、フォルは姿を現した。

初めてまともに民の顔を見たフォルは涙を流した。

「ククリ……」

「ご先祖様を知ってるの?」

男の子の母親は、この里に伝わるおとぎ話をしてくれた。

生き残ったフォルが知るククリは、フォルの隠れ家の戸を守った一人の親戚だった。

眠りの森が出来上がり、閉じこもってしまったフォルを守るため、里を森のそばに作った人たちの一人だ。

「つながっていましたね。ちゃんと」

男の子はククリの子孫だった。

それからさらに時は流れ、私は、ついに役目の終わりを感じた。里は繁栄し、質素ながらも自分たちの身を守れるくらいには成長した。

最近のフォルはのびのびとしている。

「ねえ、フォル。あなたが私にかけた魔法は、病気を治すものではないのでしょう？」

遊び回るフォルに私は小さく呟いた。

「だって私、人間の寿命以上に生きているもの。それにね、フォルは気がつかないフリをしているようだけど、発作だって起きるわ。苦しいの。でも、それ以上にフォルといる時間は楽しかった。でも、約束はもう終わり。私はもう必要ないでしょう？」

私はこの孤独ゆえの魔法、いや呪いを解く。

明日、私はこの世を去ります。どうか、フォル。お元気で。


長い話だった。

「カナイさん、悲しいのです！　その症状からすると、今の技術なら完治は容易《たやす》いのです～！　あぁでもそれだとフォルとは出会えていなかったのです……」

隣でわんわん泣いているノワリスを放って、アリシエルは小屋を出た。

「待つのです、アリス！」

ぴー、ちゅん。

小鳥の鳴き声がした。空はもう赤い。

「おい！」

アリシエルが大きな声で呼ぶと、泉から女性が出てきた。まるで泉の女神のような登場……ではなく、井戸から出てくる幽霊のようだ。

「用事は済んだのかしら？」

「ノワリス、この女性がおそらく……」

「泉の妖精さんです！」

女性が言うには、先ほど起こした時、ノワリスは女性が見えていなかった。ノワリスのことだから見えていたが気がついていなかった可能性もある。

「おそらく手記のカナイだ。あの小屋の持ち主だった女性」

「幽霊です！」

ノワリスがオーバーリアクションで会話をさえぎる。

「ノワリス黙れ。この手記の持ち主なら、隠れ里の場所を知っているだろう。ナイトは自分で隠れ里くらい見つけるだろうし。とりあえず里の場所を教えてもらおう」

ノワリスは静かになった。

「おい、ノワリス」

大きなリュックを探っていたノワリスは、小さなトランシーバーのようなものを取り出した。

「ノワリスは科学者の端くれ。幽霊を信じないのです。彼女は何かしらの生き物なのです」

目を爛々と輝かせて実験の準備を始める。

「ノワリスさん、私は確実に死んだわ。その時の感覚は今も覚えているの。それよりもフォル……時の精霊様を助けて。あの日記を読んだのでしょう？」

ノワリスが準備していた器具を奪って、アリシエルはリュックへ放り込んでいく。

「ああ～……！」

ノワリスはぴょんぴょんと跳ねてアリシエルから器具を奪い取ろうとする。三十センチ以上は身長に差があるため、腕を上げればノワリスは器具に届かない。アリシエルは片方の手でノワリスの頭を上から押さえ、そのままカナイと会話を進める。

「それはどういうことだ？　広がっている眠りの森と関係があるのか？」

カナイは俯いた。

「わからないの。私はこの泉から動くことができないわ。でも、ここを通っていく剣を携えた白衣の集団がいたの。すぐにわかったわ、あの集団はフォルの敵。フォルが危ないの。もう手遅れかもしれないけれど、どうか助けて」

涙をこぼすカナイだが、雫は泉に当たらず、消えていってしまう。

「交換条件。カナイ、お前の手記はもらっていく。代わりに、俺の連れとノワリスがフォルを助ける。が、絶対はない。俺はまだ高校生だ」

「それでも、頼まれてくれるかしら？」

「はいなのです！　ただし、ノワリスとも交換条件なのです。全てが終わったら、あなたはノワリスの研究材料になるのです」

「カナイ、こいつの言うことは聞かなくていい。俺たちは里へ向かう。じゃあな」

アリシエルがノワリスの首根っこを掴み、リュックを肩にかける。

「あの～」

遠慮がちにカナイが声をかけてきた。

「里はそっちではないの」

「アリス、まだ里の場所を聞いていないのです」

「うるさい」

アリシエルがペシンとノワリスの頭をはたく。

「痛いのです！」

『ねえ、カナ。どこにいるの？』

すぅ、と目が覚める。ナイトは久しぶりに夢を見た。

不思議なことに、ナイトの手には地図が握られている。ぐちゃぐちゃになっていなくてよかった。

『ぼく、寂しいよ』

ふわふわする頭に、悲痛な声が響く。

夢の中の声は、時の精霊のもののように感じた。

「寂しがっているんだ。カナを探してこないとね」

ナイトは山頂と泉を目指した。

「この絵は、地図だ」

印は、山頂のすぐそばの泉だ。明日になったら行ってみようと、ナイトは地図を大切にしまう。

「アリスとノワリスは、どうしてるかなあ」


「これは、また」

木々はナイトを誘導するように割れていき、進むと元の位置に戻った。

「導かれている……みたいだ」

苦笑いをするが、近道できるなら好都合だ。しかし、しばらくして歩くのが面倒になり、ホウキにまたがって低空飛行することにした。

泉を見つけた。最近、人が通ったような跡があった。何かを引きずった跡まで。しかし山頂まではどれだけかかるかわからない。先に山頂を目指すことにした。

着いた所は、木でできた里。木彫りの里、と言ったところか。

道を歩く猫。笑って走り回る子供たち。家の前でお茶を飲む老人。洗濯物を洗う女性。どれも今にも動き出しそうなリアルさだ。

(この里は、本当にあったものなのだろうか)

スケッチブックを見ると、ここが行き止まりである。ナイトは引き返して泉を探索することにした。

無音の滝と、澄んだ水の泉だ。小屋はいつのものかわからないくらい綺麗だ。とりあえず小屋に入った。

荒らされた痕跡がある。ここを荒らした者は時の精霊に害を与えている者と同一人物だろうか。

スケッチブックを捲ると、思った通り、この小屋も描いてある。

違和感を覚えて、タンスの後ろを探してみると、一枚の絵が出てきた。

穏やかそうな美しい女の人の絵だ。

このタッチは時の精霊が描いたもので間違いない。

この人が、カナだろうか。

(精霊の記憶も、魔法で見えるのか？　しかし夢への侵入は中途半端だったな)

「やってみるしかないか」

ナイトは方位磁針を握って言う。

「記憶を見せろ」


『この絵、カナに見せてくる！』

大木の樹洞で眠っていた時の精霊を少し大きくした感じの子供がこのスケッチブックを抱えている。

『フォル上手！　カナも喜ぶよ』

里の子供のようだ。時の精霊は、名前をフォルというらしい。

子供とじゃれ合っていたフォルは、機嫌が良さそうな足取りで小屋にやってきた。

『ねえカナ。カナの絵を描いたんだ、けど。カナイ、どこ？』

一瞬、フォルの記憶に普段の様子が割り込む。

花瓶には花が生けてあり、赤いテーブルランナーがきっちりと敷いてある。ダイニングテーブルでは、カナイが座って本を読んでいる。だが、今は花もテーブルランナーも本もカナイもない。

『もしかして……』

フォルの思考が流れてきた。

(ぼくが、一人じゃなくなったから？)

『寂しい！　ぼく寂しいよ！　帰ってきて！　ねえ、カナイ……』

簡素な部屋に響く、すがるような声は寂しさを増す。しばらく立っていたフォルは、絵を、タンスの裏に隠して小屋を出た。

『ブルーノエルからもらった、サシェ……！　そうサシェを使わないと。里のみんなとカナイがいる日常に、ぼくは……』

魔法の効果が切れた後、ナイトは確信を得た。あの声は時の精霊、フォルだ。

「やっぱり、絵の女性がカナか。ブルーノエルは、やっぱりここに来ていた。サシェで眠った。つまり、夢に影響しているのはサシェが怪しい」

ナイトは一旦帰ることにした。

「ナイト様。未だお連れ様は発見できておりません」

ナイトは豪華な料理を食べて満足げに手を振った。

「しょうがないよ。気にしないで。手がかりは掴めつつあるから」

「おお！　さすがブルーノエル様とフォルトゥナ様のお導き！」

長老は先ほどからナイトが一口食べるごとに頬を緩めている。

「ナイト様！　こちらの果物も召し上がってくださいな」

「ナイト様、こちらのスープはいかがですか？」

里の女性たちはナイトに好意的だ。

「そこの女たち。そいつはお前らと同じ、女だぞ」

「ナイト様はノワリスのです！」

満身創痍、といった風貌でアリシエルとノワリスが現れる。

後ろには、小さいフンババがいる。小さい、といってもノワリスの二人分ほどのサイズだ。

「どこに行っていたの？　さあ座って食べなよ。いいよね、長老」

長老は席を立ち、曲がった腰をさらに曲げる。

「ナイト様のお連れ様ですね。時の精霊の隠れ里、長老のロンバーと申します。ご無事で何よりでした。正式にお迎えできず申し訳ございません。せめてゆっくり疲れをとってください」

話している長老の前を堂々と通り過ぎ、ナイトのほうへズカズカと寄ってきたアリシエルは勢いよく頭をはたく。

「痛いよ、アリス」

「俺たちが、フンババと戦っている間、お前は傍観。苦労してここまでやってきて、お前の欲しそうな情報を持って合流してみれば、女を侍《はべ》らせてご馳走を食って、ずいぶんといいご身分だな。その様子からして、俺たちよりも調査は捗《はかど》っているんだろうな？　あ？」

「ぼ、僕も頑張ったんだよ。きっとアリスのことだからいい情報を持って帰ってくるだろうと、里のみんなと頑張ったんだ。時の精霊、フォルトゥナと接触もしたんだ！」

険悪な雰囲気に長老が割って入ってくれる。

「アリス殿」

「アリシエル、だ」

「あ、アリシエル殿。とりあえずナイト様とノワリス様とお食事を、さあ」

アリシエルの睨みに長老もオロオロしている。

「僕、悪いことした？　アリスも子供だよね。ちょっと楽しんでいただけなのに。僕の努力も知らないでさあ」

「ナイト、何か言ったか？」

「ごめんなさい。すみません」

アリシエルのナイトへの説教は長くなりそうだ。


翌朝。

アリシエルとナイト、ノワリスの三人は、用意してもらった部屋にこもり情報を交換していた。

時の精霊フォルトゥナは、夢を何かしらの方法で妨害されている。怪しいのは、ブルーノエルがフォルトゥナに渡したサシェだ。

どう妨害されているのか。どんな悪夢なのか。そこはわからない。しかし夢に入るにはキーワード、『君はどうする？』の答えが必要だろう。

何についての、どうする？　なのか。おそらくカナイが関係しているのだろう。というところで話は止まり、三人揃って頭をひねる。

「どうする、かぁ」

ノワリスが手を挙げた。

「時の精霊のいうどうするは、ナイト様の見た『カナイがいなくなって、君ならどうする？』という意味なのではないですか？」

アリシエルは難しい顔だ。

「そうだとすると、フォルトゥナの場合、決断した出来事に不安と後悔が残っているのか？」

ナイトはもう一つの可能性に思い至った。

「だとしたら、『苦しむカナイを無視して自分本位に生きながらえさせた』という可能性も出てくるよね。寂しさゆえに人の命を弄《もてあそ》んだ後悔、みたいな」

ノワリスはもうわけがわからないと、頭を抱えて寝転がる。

「ずっと一緒にいたカナイさんなら何かわかるでしょうか……」

沈黙にノワリスの声だけが響いた。

「くだらないことを言ってごめんなさいなのです。亡くなった方に会うなんて非常識な……アリスでもあるまいし」

「おい」

正面に座るアリシエルがノワリスを睨む。

「いいんじゃない？　アリスもノワリスも会ったんでしょ？　カナイに。会いに行こうか」

とナイトが立ち上がる。ノワリスの一言で、行き詰まっていた問題に光が差した。

アリシエルも続く。

「また会えるかは別として、やれることはないんだ。行ってみるべきだろうな」

ナイトが荷物を全てポケットへ突っ込むと、吸い込まれるようになんでも入っていった。


一日前。

カナイに道を教えてもらい、歩き出した途端、フンババがこちらへ走ってきた。フンババはどこか焦っている様子だった。

「バズーカの準備はできているのです」

ノワリスは引きずられながらリュックからバズーカを取り出した。しかしアリシエルは大きな声を出してノワリスの頭を殴る。

「待て。どうやら敵意がある様子じゃない」

「でもやられる前にやるのです」

「さっきもそれで交戦状態に陥っただろう。少しは学べ。お前はもう一人で戦うわけじゃない」

（一人じゃ、ない？）

引きずるアリシエルを見上げたノワリスから思わず明るい声が出た。

「はいなのです！　ノワリスはアリスと一緒なのです！」

「気持ち悪いことを言うな」

アリシエルはノワリスをあしらいながらフンババを観察する。

「フンババ」

急ぐように横を通り抜けようとしたフンババにアリシエルは大きな声で言った。フンババは立ち止まりこちらを見下ろす。

「言葉が通じるかは賭けだったけど。よかった」

「グワァア」

フンババはしゃがみ込み、まるで東の国の土下座のようなポーズを取った。

「なんだこれ」

アリシエルには通じない。ノワリスは仕方なく説明する。

「東の国の作法なのです。どげざ、と言って謝る時に使うのです」

アリシエルはノワリスの襟を離した。

「ぐえっ」

ノワリスは上半身をドサっと地面に打ちつけた。

アリシエルはフンババの前に行き、ラベンの作法に則った謝罪の姿を取る。

「フンババ、こちらもお前に一方的な攻撃をしたことを謝りたい。すまなかった。怪我は大丈夫か？　よかったら手当てしよう」

「グアァーア」

指をピースにしてフンババはぎこちなく笑った。

「意外とひょうきんなのです」

「お前も謝れ」

アリシエルに頭をガシっと掴まれ、ノワリスもフンババに頭を下げさせられる。

「フンババ、ごめんなのです」

お互いの誤解を解き和解した。フンババがはしゃぎだし、二人はボロボロ、満身創痍な姿になった。三時間ほどの間、フンババにじゃれつかれたのだ。

「フンババ、お前の主人、フォルトゥナが危険に遭っているかもしれないんだ。和解早々、申し訳ないが、協力してくれないか」

フンババの肩に乗せられたアリシエルが声をかけると、フンババは頷き、移動を始めた。里まではそんなに遠くはなかったが、フンババの歩幅では三分もかからなかった。カナイの地図はノワリスが落としてしまっていた。

里は宴のような雰囲気に包まれている。それを見たフンババは雰囲気を壊さないように小さくなったのだ。


「仲直りできたようで何よりだよ」

フンババの手に乗りアリシエルとノワリスと共に、ナイトも泉へ向かっていた。

「ナイトはフンババと戦わなかったのだな。こっちは散々な目にあったのに」

「要領がいいと言ってほしいね」

アリシエルが毒を吐くのも、いつもの調子が戻ってきたようで、ノワリスは楽しい。

「ノワリスは探し物を頑張ったのです。褒めてほしいのです」

ノワリスがワクワクした表情で頭を差し出す。

「ノワリスのおかげで大方の里の過去がわかった。ありがとう」

ノワリスはキラキラとした瞳で頷く。

「はいなのです！　ナイト様の力になれてノワリスは嬉しいのです」

「地図はなくしたけどな」

「うるさいのです。アリス」

いつものように横槍を入れるアリシエルに頬を膨らませて怒るノワリスも嬉しそうだ。

「グー」

フンババは合図を出して手のひらをゆっくり広げ、壊れ物を扱うように優しく三人を下ろす。結構な高度にいたせいか、小鳥が飛んでいる。

ぴー、ちゅん。

泉のすぐ側に下ろされたナイトたちはすぐに目的の人物を見つけた。カナイは泉のほとりに座り、足を上下させ、水飛沫をあげて遊んでいた。

「なんというか、あれだね。幽霊のイメージが壊れるね」

ナイトの率直な感想に、ノワリスも頷く。

「ノワリスは泉の妖精さんかと思ったのです」

「うふふ。私はフォルを初めてみた時、天使さん？　妖精さん？　と聞いたわ。そしたらフォルったら、怒ってしまって」

穏やかな空気を破るように、アリシエルが腕を組んでカナイに本題を切り出した。

「フォルトゥナは今、悪夢に襲われている。カナイが死んでからずっと同じ夢の中にいるようだ。助けてやりたいが、俺たちの魔法じゃ入ることができない」

カナイは真剣に聞いていたが、ボソリと呟いた。

「魔法使いなのね。私はただの人間で、どうやら幽霊でもないみたいなの。手助けができるかどうか……ここを動くこともできないし」

「ナイトに『君ならどうする』と言ったらしい。その答えが出せないと助けられないんだ」

ノワリスが続ける。

「長く一緒にいたカナイの力が必要なのです。何か、思い出すことはないです？」

「君なら、どうする……」

しばらく真剣な表情で泉の水面を歩いていた。カナイがハッと頭を上げた。

「フォルは、いつも寝る前に私に言っていたわ。聞こえていないと思っていたみたいだけど」

三人は息を殺してカナイを見つめる。

「ずっと一緒にいてね、って。もしかしたら、誰かと一緒にいたい時、『君ならどうする』と言いたかったのかもしれないわ」

みんなの間に沈黙が流れる。どんどん新しい可能性が出てくるが、決定打がない。

ナイトもアリシエルもノワリスも、そしてカナイすら、確信が持てないでいる。

「どうせ失敗しても、デメリットがあるわけじゃない。こういう時は全部試してみよう」

ナイトはあえて両手を打って大きな音を立てる。空気を切り替えるつもりだったが皆、暗い表情のままだ。

「デメリットがない根拠は？　夢は科学でも解明されていない謎の空間だ。何があるかわからないと思うけど？」

アリシエルが鋭い視線を向ける。

「えっと～？　きっと僕らなら大丈夫、的な？」

カナイがふふふと笑う。

「そうね。きっとあなたたちなら大丈夫、なんて。会ったばかりで、そこの明るい美少年君は名前も知らないけれど。私、見る目だけはあるの。あなたたちだったら大丈夫な気がするわ」

「ほらね」

ナイトはできるだけ能天気に笑った。アリシエルもため息を吐くが否定はしない。

「僕はナイト。こんな見た目と名前だけど、れっきとした女性だよ。カナイ」

「あらそうなの？　無神経でごめんなさいね」

カナイは驚いたけれど、さすが長い時を生きただけはあって動じない。

「……ノワリスは怖いのです」

さっきまで天真爛漫に笑っていたノワリスは、ぎゅっとセーラー服の裾を掴んでいる。

「ノワリスも行くとは思っていなかったのです。二人は魔法が使えます。魔法は魂と宝石の共鳴で使うのです。おそらく夢の中でも近くに宝石があれば魔法が使えるのです。でも、ノワリスは、夢の中では無力なのです。ノワリスだけ夢に取り残されるかもしれないのです。帰ってこられる根拠もないのに、一緒に行くことはできないのです」

ノワリスは初めて怯えた表情を見せた。先陣を切って戦ってきた今までからは想像もできない表情だ。

「ノワリス」

「お願いされても、それだけはできないのです！　勝つ確証も、負けた時に死ねるのかもわからない賭けには乗れないのです！」

「大丈夫。聞いて」

ナイトがノワリスをぎゅっと抱きしめた。

「説得は聞かないのです！　死ぬこと以上に怖いのは、死ねないことなのです！」

「ノワリスは付いてこなくてもいいよ」

「おい、ナイト」

驚くアリシエルに、ナイトが首を振って伝える。

「彼女を突き放すつもりはない。仲間はずれにするとか、もう一緒にいられないとか、そういう話じゃないんだ」

「どういうこと、なのですか？」

「ノワリスにしかできないことだよ。一緒に頑張ってくれる？　旅に危険はつきものだけど、楽しめないのは旅ではないからね」

ノワリスは不安そうにナイトの肩に縋《すが》りついた。

「できることなら、頑張るのです」

ナイトはノワリスの背中を三度さすって、アリシエルとノワリスに声をかける。

「さあ、これで悪夢を終わらせよう」


ノワリスは不安そうにリュックを抱えている。

里に帰りつき、すぐに里の民を集めフォルトゥナの元にやってきた。

「ナイト様、アリス。本当に帰ってこられるのですか？」

アリシエルはノワリスの髪をグシャグシャとかき混ぜた。

「やめるのです。次、やったらその腕を脱臼させるのです」

「なんだよ。そんなに怒るなよ。お前を元気づけたかっただけだ」

「わかっているのです。わかっていて怒っているのです」

ノワリスらしからぬ暗い声に俯いた顔。帰ってこなければ、ノワリスの笑顔は見られないのだろう。手に持っているハットのウサギ耳がノワリスの寂しそうな雰囲気を際立たせる。

「……帰ってくるしかないな」

感傷に浸るアリシエルをよそに、計画を立てた張本人のナイトは意気揚々と準備を進めている。

「それじゃあ、アリス。行っくよ〜」

「ああ。それじゃあ行ってくるよ。ノワリス、必ず帰ってくるから、その髪、整えとけよ」

ナイトは微笑み、ノワリスは頷いた。ナイトが詠唱して魔法を使う。

「夢の中へ」

ドラゴンとの戦い

真っ暗な闇がアリシエルの前に広がった。音も、光も、匂いも、何もかもない。あるのは黒のみ。立っているのか座っているのか。目は開けているのか、閉じているのか。呼吸をしているのかすら怪しく感じる。

「確か、魔法は使えるだろう、ってノワリスが言っていたな」

不安が込み上げて、意味もなく出た声が思ったよりも大きく響いた。

「ああ、アリスも近くにいたんだね。よかったよ、別行動にならなくて」

声を出したおかげか、ナイトが近くにいることがわかってホッとする。

「光れ」

ナイトがすぐに光をつける。

「これからどうするんだ？　なんの目印もないようだが」

「大丈夫。僕に付いてきて」

灯った光はかなり頼りないけれど、ないよりはマシだ。光はナイトの居場所を教えるくらいで、ナイトの顔も姿もほとんど見えない。にもかかわらず、ナイトは歩き出した。

「本当にアテがあるんだろうな?」

アリシエルは人の夢に入るのは初めてだ。いや、人外を入れても初めてだ。ナイトをアテにするしかない。

歩き始めて体内時計で十分くらい。声がうっすらと聞こえ出した。

『フォル』

『カナ!』

カナイの涼やかで穏やかな声に応えるように、元気いっぱいの少年の声が聞こえた。

『ねえ、君ならどうする?』

フォルトゥナの声だ。しかし先ほどの声より暗く、低い。

ナイトが叫ぶ。

「君がどう思っているのか知らないけれど、何か後悔しているからそんなことを見ず知らずの人間に聞くんでしょ? だったらもう後悔しないようにするしかないんじゃないの」

フォルトゥナが息を呑むのがわかる。

「アリス、僕につかまって」

アリシエルはナイトの右手を握り締めることしかできない。

「わかったようなことばかり言わないで！」

一気に視界が開ける。そこは見慣れた眠りの森だった。

「ぼくは、ここで、一番幸せな時間を過ごしていたいだけなんだ……お願いだから、ぼくからカナを取らないで」

目の前には夢に入る前の赤子が大きくなった少年がいた。十歳くらいだろうか。

「もうフォルは一人じゃないよ。カナイがいなくても、寄り添ってくれる人がいる。わかるでしょ？」

涙を流して懇願するフォルトゥナに、ナイトは優しく話し、諭すように手を伸ばす。

「カナは、カナイは一人しかいないんだ‼」

『そうだよ。君にはカナイが必要。カナイには、君が必要なんだ』

どこからか穏やかな男の人の声が聞こえてきた。だけど安心できない、不安感を煽る声だ。

『君が守らないと、カナイは一人になってしまうんだ』

「カナが、一人に……？」

黒い手が、フォルトゥナを抱き込む。

「聞いちゃダメだ！」

危機感を覚えたナイトが叫ぶ。

『カナイだけじゃないだろう？　里の民も、森の動物たちも、みんな燃えてなくなってしまう。守れるのは……』

「ぼくだけだ、でも」

『大丈夫。全てブルーノエル様が導いてくださる。君はただ、想像するだけでいい』

大きな赤いドラゴンが姿を現した。


ノワリスはサシェの分析を行っていた。

「うぅ！」

時の精霊フォルトゥナが呻き声をあげた。見守る民は揃って不安気だ。

成分の分析をしていた機械が赤く光る。

「サシェの成分が反応しているのです。確かこの成分はサルース製薬が発見した新成分のはずなのです」

ノワリスは急いで情報を探す。

「この成分について、ノワリスは少し研究をしたのです。今、役に立たなくて、ノワリスはいつ役に立つのですか！　この成分を相殺できれば、きっとナイト様とアリスが助かるのです」

リュックの奥深くから成分の分析データが出てきた。

「あったのです！」

ペラペラと捲る。ファイルのどこにどの資料が収められているかは把握している。

「ナイト様、アリス、もう少し頑張るのです！」

リュックを担いで眠りの森へ入っていく。

「あと少しなのです」


「みんな、ぼくが、守るんだ！」

真っ赤なドラゴンが悠々と飛びながら炎を吐く。

「夢のくせに熱風の温度はしっかりしているんだね」

ナイトは腕で顔を守るが、かなり熱い。

「クラウ・ソラス！」

アリシエルの宝石、レッドダイヤモンドがはまった短剣がサイズを増す。

レッドダイヤモンドを代々受け継いできた魔導士の名門ブロウ伯爵家。元は魔剣士を輩出してきたが、レッドダイヤモンドを守護石にできてもクラウ・ソラスを扱える者は減っていた。百年ぶりの逸材だと言われていたアリシエルの兄もクラウ・ソラスは扱えなかった。代わりにブロウ家最大のレアストーン、ムサイエフ・レッドダイヤモンドを守護石とした。そのため、学力が兄より低いアリシエルは冷遇されてきた。

（と噂を聞いたけれど、アリスは逸材も逸材だよ。よくもまあこんな才能を見逃していたなあ。ブロウ伯爵家は）

ブロウ伯爵家の悲願、魔剣士の輩出。アリシエルの兄は剣術はそこそこらしい。が、ナイトが倒す計画を練っている間に、アリシエルはどんどんドラゴンの体力を減らしている。

クラウ・ソラスから氷の霧を吹き出し、ドラゴンの炎を相殺。ホウキに立ってクラウ・ソラスを突き立てる。ドラゴンが爪を立てようと前足を振り上げると、アリシエルは軽々とかわして見せた。しかし爪が軽くローブを切り付ける。

「うっ！　夢でも痛みはあるのかよ、ちくしょう」

利き腕を負傷し、動きが鈍る。

そろそろ夢の中での魔法もアリシエルの体力も限界が近いと思ったナイトは考えろ考えろ、と思考を巡らす。ドラゴンの弱点は……倒す方法は……

その時、フォルがドラゴンの頭の上で懐中時計を掲げていた。

「クロノス？　ブルーノエルの三種の神器が、どうしてここに？」

夢の中とはいえ、三種の神器が現れると効果は恐ろしい。考えている時間はない。クロノスが、人に害を与えられないフォルトゥナに力を与えているとすると――。ナイトは一つの可能性を思いつく。

「アリス、そのまま頑張って！」

アリシエルがナイトのところまで降りてきて、強がる。

「なんだ。やっと打開策が見つかったか？」

アリシエルは魔法で右腕の血を止めた。

「打開策は見つかったけど、少し時間が欲しいかな。そろそろだと思うから」

「急げよ。俺は命を懸けた戦いは初めてだ」

アリシエルはドラゴンに向かっていく。後ろ姿はまごうことなく勇敢な魔剣士だった。


「あったのです！」

ノワリスは十分ほど歩いた水場で目当ての物を見つけた。

「これがあればフォルもナイト様も、アリスもみんな帰ってくるのです。急ぐのです。早くサシェに使うのです」

薬草を握りしめて、ノワリスは走った。

（ナイト様に褒めてもらって、アリスに頭を撫でられて、腕を脱臼させるのです。そして、

フォルとカナイを救うのです）

『……ノワリスは怖いのです』

あの時、ノワリスは勇気がなかった。一緒に戦う勇気が。今だって怖い。

「でも、これくらい朝飯前なのです。これくらいやらないといけないのです」

薬草を抱えて走る。早く戻らないと、と焦る気持ちが足元の小石を見逃した。

ドテッ。

転んで膝を擦りむいた。薬草は潰れてしまっている。

（ノワリスは、無力なのです……）

記憶を失くし、お婆ちゃんも亡くし、自分は一人でも生きていけると思っていた。一人で生きていないと迷惑になる。一人で頑張らないと。そう、思ってきた。

でも、ナイトはノワリスを必要としてくれた。アリシエルは一生懸命になって守ってくれた。なのに、ノワリスはそんな二人の足を引っ張ることしかできていない。

「お嬢さん、こんなところでどうしたのかしら？」

女神が降りてきた。女神はエイアと名乗った。

「そう、里のお客さんだったのね。私は里の薬屋をしているの。でも、基本的にこの森の薬草を研究しているから会わなかったのね」

手を差し出して立ち上がらせてもらった後、エイアはノワリスの膝を手当てしてくれた。

「大したお礼もできなくて申し訳ないのです。急がないといけないのです。キューイ草を見つけないと……」

「これかしら？」

エイアは背負っていたカゴから、まさにノワリスの探していた物を取り出した。

「それなのです！　さっき潰してしまったのです」

「それはごめんなさい。私がほとんど摘んでしまったの。よかったら使って」

差し出された薬草を受け取り、ノワリスは思考を巡らせる。

「ありがとうございます！　今度お礼に……」

「急いでいるのでしょう？　お礼はいいわ。本当にいいの。頑張ってね」

「本当にありがとうございます！」

ノワリスは急いで駆け出した。


アリシエルはそろそろ限界だった。しかしナイトはまだ動かない。ということはまだ頑張らないといけない、ということだ。

（汚れ役にされたな）

どうナイトを反省させようか、と考えてやめた。付いてきたのはアリシエルの意志だ。そこを突かれたら何も言えない。

飛んできた火球を間一髪で避ける。

「よそごとを考える余裕もなくなってきたな」

訓練をし直そう。いや、ドラゴンを倒せたらそれ以上の強さはいるか？

次の火球を放とうとするドラゴンのアゴにクラウ・ソラスを突き立てた。

「ギャアァ」

ドラゴンは聞くに堪えない声を張り上げた。

アリシエルは刺さったクラウ・ソラスにぶら下がっている状態だ。ドラゴンは頭の上で火球を乱発する。

「あぶなっ」

ギリギリを飛んでいく火球に身体が緊張する。

火球がやんだ頃、ドラゴンは急降下していった。

「やったか？　いやそれよりこの勢いで落ちたらやばい！」

深く突き刺さったクラウ・ソラスはなかなか抜けない。ホウキはとっくに燃えてどこかに行った。

（夢の中で燃えたホウキはどうなるんだろうか）

危機もここまでくると冷静になる。

（そうだ、これは夢の中だ。死なない、よな？）

ドラゴンの下敷きになって死ぬくらいなら、とクラウ・ソラスに足をかけてグッと押し込んだ。体に浮遊感が訪れる。クラウ・ソラスがドラゴンのアゴを切り裂いた。アリシエルの体より先にドラゴンの体が落ちていく。

『ナイト様、聞こえているですか？　こちらは片付いたのです。聞こえますか？』

「アリス、ナイス！」

上から降ってくる声と影。ドラゴンの背中に切り掛かるナイト。

「聖杖ケリュケイオン！」

見覚えのある方位磁針がついた細い杖が突き刺さった。

ドサッ。

アリシエルは体が地面に叩きつけられる覚悟をした。が、ところどころ燃えた跡があるアリシエルのホウキが飛んできた。なんとか受け止めてくれたが多少痛みはある。

ドラゴンはすぐ下に倒れている。アリシエルは体を立て直してホウキにつかまり、ドラゴンの横に降り立った。ナイトも横にやってきた。

ドラゴンはサーッと赤い花びらに変わり、風にさらわれて消えた。

ドラゴンの頭があったあたりにフォルトゥナが立っていた。顔はかなり怯えている。

「忘れていくんだ。あんなに好きだったのに。声も、話し方も。でも、忘れたくないんだ」

大丈夫、なんていうのは簡単だ。アリシエルは声がかけられない。ただフォルトゥナを見つめる。

「大丈夫だよ」

ナイトはアリシエルが言えなかった言葉を簡単に言ってのけた。

「ね、つながっていたでしょう？」

「カナイ？」

フォルトゥナはキョトンとした表情で涙を拭ってナイトを見上げる。

「死んだ人間の言葉を、なんで……」

「わかるんだよ。本当につながっているから」

「バカにするなよ！」

フォルトゥナは勢いよく走ってきてナイトを突き飛ばした。しかし、ナイトは一歩後退しただけだ。

「ここにいたら、そのつながりすらわからない」

「ここを出ろって？　そんな言葉、ぼくは信じない。もう、誰かに傷つけられるなんて嫌だ！」

声こそ強がっているが、不安と怯えが混じった表情だ。

「フォルは、生まれ変わりって信じる？」

「何をわけがわからないことを言ってるんだ！」

ナイトがフォルの頭を撫でる。

「人間は一度死んでも、別の人間として生まれ変わるんだ」

「何が言いたい！」

アリシエルはナイトの言わんとしていることに思い至る。けれどフォルトゥナは考えようとしない。負の感情で思考ができていないのだろう。何年生きてきたのかはわからないが、精霊は成長速度も人間とは違うのだろうか。

「相手は覚えていないこともあるかもしれない。けど本質は変わらないんだって。精霊のフォルならわかるんじゃないかな」

「覚えていないなら、会っても……」

意味なんてない。そう言おうとするフォルトゥナに、ナイトは思ったよりも強い言い方をする。

「それは違うよ。世界に生きていれば何度でも会えるんだ。後悔があったとしても、また出会えば謝り、許しあえるんだ」

フォルトゥナは顔を上げる。

「何度でも？」

『そんなことはない』

フォルトゥナがビクリと体を震わせた。

『何度出会っても傷つけるのは変わらない。何度でも傷つけるだけだ』

黒い手がフォルトゥナを狙って近づく。

「フォル。傷つけてもいいんだよ。カナイは傷つくことを恐れていた？　カナイは怯えて閉じこもることを望んでいると思う？」

「カナイは……」

フォルトゥナの元にクロノスが転がってくる。

『ここなら確実に、ずっとカナイといられるんだ。答えは決まっているだろう？』

黒い手はなぜか近づいてこない。クロノスを投げ渡しただけだ。

「フォルトゥナ。お前は守るべき者がいたことすら忘れたわけじゃないだろうな」

クロノスに手を伸ばしかけたフォルトゥナはアリシエルを見た。

「カナイがお前に与えたものは、こんな、気味が悪い手に言いくるめられて閉じこもる世界だったか？　違うだろう。新しい居場所と、もう一度誰かとつながる幸せじゃないのか？」

フォルトゥナの手がクロノスに伸びる。


「完成したのです！」

ナイトとアリシエルに連絡した後、ノワリスはナイトの推察に賭けてカナイに挨拶をしていた。

「さようなら、カナイさん。また」

「ええ。さようなら、ノワリスちゃん。大丈夫。フォルのことは任せて」

『聞こえるですか！』

頭に響くようにノワリスの声が聞こえた。

『フォル？』

フォルトゥナはクロノスに伸ばした手をきゅっと握り直した。顔を上げて視線を彷徨《さまよ》わせる。

「カナイ!? どこにいるの！」

フォルトゥナは必死になって周りを見る。

「カナイ！　姿を見せて！　この声は夢じゃないんでしょ？」

『ええ。夢じゃないですよ。ちゃんと、フォルの声は届いています』

「じゃあ姿を見せてよ。ぼく、ちゃんと頑張ってきたんだよ。一人は寂しいんだよ……。ずっと一緒にいてくれるって、言ったじゃん」

『え？　うそ？』

ノワリスの声が聞こえた瞬間、うずくまって駄々をこねるフォルトゥナの前に、湖のカナイが現れた。

「嘘を吐かないでください、フォル」

声が近くに来たことを感じたのか、フォルはその場で顔を上げた。期待のこもった喜びの表情だ。

パシン！

平手で打つ音がした。カナイはフォルトゥナの右頬を叩いたのだ。フォルトゥナから笑顔が消えていく。

「何を頑張ってきたのですか？　一人で、夢の中に逃げ込んで。私がフォルの側にいたのはそんなことのためではありません」

　フォルトゥナは右頬を押さえて立ち上がり、涙目で抗議した。

「だって！　だって！　カナイが先にいなくなったんじゃん！　ぼくに、いなくなる前に教えてくれたらもっと心の準備だってできた！」

　カナイはその場で腕を組んだ。

「事前に言ったらフォルは、寂しいんだ、ぼくは一人だ！　って駄々をこねたでしょう？　そうやって、一人だ、ぼくは寂しいんだって誰かと付き合うことを自分から諦めて。それを言い訳に誰とも付き合わない自分を正当化して」

　ウッと息を呑んで、フォルトゥナは耳を塞いだ。

「フォル、ちゃんと聞いてください」

「いやだ！　ぼくは悪くない！　ここなら寂しくないし、一人じゃないんだ！」

「フォル‼」

　カナイは穏やかに話をしていたが、厳しい顔つきでフォルトゥナに怒鳴った。

「あなたは、また、自分を大切にしてくれる人を置いていくのですか？　里の人も、彼らも、あなたを大切に思う人たちなのです。あなたが失うことが怖いと恐れている人たちは、みんなきっといつか、あなたに会えると信じて、あなたを思ってきた人なんです。彼らもフォルと同じです。それでもあなたに会いたいと願って、ずっとフォルを守ってきてくれた人なんです。この意味が、フォルにはわかるでしょう?」

「ぼくは、ぼくだって……」

「フォルはこれ以上、彼らを裏切るのですか?」

あと一歩が踏み出せないフォルトゥナを、カナイは抱きしめた。

「大丈夫です。彼らはフォルを裏切りません。どうやら彼らは、フォルが眠っている五百年、ずっと側にいてくれたそうですよ」

フォルトゥナは涙を流し始めた。

「でも、そこにカナイはいないじゃん……」

「あなたはそうやって、大事な人を増やしていけばいいんです。そうしている間に、この世界は美しいと、幸福だと思えます。そうしたら、その世界をフォルが守っていくんです。ね? 素敵でしょう?」

「そこに、カナイはいてくれるの?」

「わかりません。でも、同じくらい大事な人がそばにいてくれる。私は断言できます。あなたが一緒にいたいと思える人はこれから増えていくんです」

フォルトゥナはゆっくりとカナイの背中に手を伸ばした。

「何それ、またカナは適当なことを言う」

「でも、嘘だったことはないでしょう？」

「ありがとう。じゃあね、カナイ」

フォルトゥナはカナイの背中をぎゅう、と強く、強く抱きしめた。カナイも同じくらい強く抱きしめる。

カナイの姿が薄くなっていく。

「また、いつか会える」

そう言い残してカナイは消えた。

フォルはキラキラと黄金色に輝いて消えていったカナイの光を掴もうと手を伸ばす。しかしフォルトゥナの周りを、応援するように漂ってすり抜けていった。フォルトゥナは涙でクシャクシャになった顔で伸ばした手をさらに伸ばす。

「また、最後まで、カナイは適当なことを言う」

「でも嘘だったことはないんでしょ？」

フォルトゥナを後ろから支えるように手を添えるのは、ナイトだ。

「嘘は言わない。けど、大事なことも言ってくれないんだ」

「じゃあ、元の世界に戻ったら、きっとフォルにとって大事な何かがあるかもしれないね」

フォルトゥナはぐしぐしと涙を拭った。

「お前も、大概適当なことを言うなぁ」

涙で鼻声だし、鼻水だって垂れている。けれど、フォルトゥナはその目に決意と強い思いを漂わせ、振り上げた足でクロノスを壊す。

「ぼくが元の世界に戻るのは、お前たちに言われたからじゃない。ぼくを待っていてくれる人に会うためだ」

フォルトゥナは黒い手を振り返る。

「次、ぼくの土地に来たら、お前の命はないと思え」

黒い手はフォルトゥナの言葉が終わった瞬間、本来の姿を取り戻した時の精霊の力によってかき消えた。

ブルーノエルの真実

目が覚めると初めにノワリスの泣き顔があった。

「長老！　フォルトゥナ様も目覚めました！」

ノワリスの後ろにいた住民が椅子に座っている長老に声をかけた。

「悪夢を消すのみならず、目覚めさせてくれるとは……」

ノワリスは勢いよくナイトに抱きついた。

「ナイトさま～！　帰ってきたのです～！」

「俺は無視か」

フォルトゥナを挟んで左にいたアリシエルが伸びをしている。

「怪我もないし疲労感もない、か」

アリシエルはドラゴンに裂かれた右腕を動かしている。

「お前、男なのにアリスっていうんだな」

アリシエルの横で同じように伸びをするフォルトゥナは、十歳くらいの少年の大きさになっている。

「ナイトが勝手に呼んでいるだけだ。本名はアリシエルだ」

「こっちは女なのにナイトっていうのか。変わってるな」

「勝手に言ってろ」

アリシエルはフォルトゥナと会話をすることを諦める。この旅でアリシエルは真面目に受け取るだけではストレスが溜まると学んだ。そして諦めることも覚えた。

「お前、思い出した。ブルーノエルだ。あれ？　いつからあんな悪夢が？」

「ナイト様、どうやってフォルトゥナ様を目覚めさせたのかお聞きしても？」

長老はよろよろと近づく。

「お前、今の長老か？」

フォルトゥナは首を傾げながらもナイトを見る。


「僕と二人はフンババによってバラバラになった。僕の行動は知っての通り。二人は眠りの森の泉に飛ばされた。その時、泉に住むカナイという女性の話を聞いたり手記を見たりしたんだって。

そして情報をすり合わせ、僕もカナイに会いに行った。フォルの夢に入るキーワードを探すためだ。結果は『わからない』だった。でも、カナイが言っていた『誰かとずっと一緒にいたい時、君ならどうする?』と、三人で話していた時に出た『後悔』。きっと答えはフォルの中で出ているんじゃないかなと思ったんだ。正解は、背中を押してほしいなんじゃないかなって。

でも、悪夢の原因は他にある。僕とアリスは悪夢からフォルを抜け出させる係。悪夢を途切れさせる係は、ノワリス。フォルはブルーノエルからもらったサシェを使って眠っていた。今もそばにあるのはそのサシェくらい。としたら悪夢の原因もサシェだ。この里には強力な結界があるから外部からの魔法は難しい。フンババもいるしね。

ノワリスにサシェの分析を頼んだら、案の定、最近発見されたばかりの精神操作の作用がある成分が出た。この成分は最新の結界じゃないと防げないようだ。

ノワリスには、悪夢の原因がわかって取り除けたら合図を送ってもらう予定だった。機械は持ち込めないから、アリスのノーツから僕のノーツに。ノワリスが言う通り魔法が通じるなら事前に魔力を溜めておけば、魔法が使えないノワリスでも僕のノーツに通信できるかもしれない。賭けだったけど成功してよかったよ。

ノワリスが精神操作の効果を切ってくれたからドラゴンは弱点を晒《さら》した。フォルは人間に危害を加えられない。ドラゴンの姿はフォルの能力だけど、それだけでは僕らに攻撃できない。サシェに細工をした『誰か』がドラゴンに力を与えたんだとしたら。その『誰か』

はブルーノエルの三種の神器、『クロノス』を使っていた。サシェのこともあるから、ブルーノエルの関係者の仕業かもしれない」


事の顚末を話し終えたナイトは考え事があるから、と里の部屋へ先に帰った。

「長老、ノワリスはサシェの効果を切るためにキューイ草を取りに行ったのです。その時、里の薬屋をしているエイアさんに助けてもらったのです。お礼をしたいのですが」

ノワリスはすぐそばにいた長老に声をかけたが、答えは思っていたものとは違った。

「ノワリス様、この里にエイアという者はおりません」

「里の薬屋は私です」

先ほど長老に声をかけた男性が名乗りをあげた。

(じゃあ、あの女性は?)

ノワリスは何かとんでもないことをしでかしてしまったのだろうか。


次の日。

長老からブルーノエルの情報をもらった。

「ベルンフルールのローブを身につけて、カラスの濡れ羽色の髪を靡《なび》かせていた。かたわらに騎士を一人連れていた、と聞いております。けれどこの情報は長老に代々伝わってきた話ですので、それ以上はわかりません。五百年は言い継がれてきたようだ、としか」

ノワリスが昨日の夜、叱られる前の子供のような顔で言っていた、自称薬屋の女性エイア。

『大丈夫。全てブルーノエル様が導いてくださる。君はただ、想像するだけでいい』

さらに黒い手が言っていた言葉。まるでブルーノエルが影で動いているようだ。

「次はアルマー王国へゆく、と言っていたそうです。これくらいしかお話しできませんが、本来の穏やかな里を、楽しんでいってください」

長老は最後の情報を付け加え、微笑む。ノワリスとフォルトゥナは意気投合したようで、一日だけ里を楽しむことになった。

それでも、夜になると家の屋根に登り寂しげな表情をするフォルトゥナに、ノワリスはハンカチを差し出した。

「ノワリスは昔、大事な人を看取ることができたのです。でも、大事な人はノワリスのことを忘れてしまうのです。楽しかったことも、悲しかったことも、全部全部、忘れてしまうのです。でも最後に、全部全部思い出してくれたのです。ありがとうって、言ってくれたのです。フォルはきっとノワリスよりそんな経験が多いんだと思うのです。でもだからこそ、フォルが生きてここにいてくれれば、それだけ大事な人の大事な記憶が残り続けるのです。忘れたくない、でも忘れてしまう。そんな時もあるのです。だから人に伝えるのです。これなら、自分だけじゃなくて、他の人にも、こんな人がいた、そう伝えられるのです。全部全部、つながっていくのです。つなげるのは、フォルなのです。ブルーノエル様の情報のように、語り継げばずっと残っていくのです」

ノワリスは一度フォルトゥナの頭を撫で、そっとその場を離れた。そんなノワリスの横を一人の少女が通り過ぎる。

「フォル？」

少女は、涙を堪えるフォルトゥナを後ろから抱きしめた。

「ただいま、フォル」

ハッと顔を上げたフォルトゥナは涙声で言った。

「カナ……？　変わったなあ。そっちこそ、おかえりカナイ」

「言ったでしょ？　また会えるって。ただいま、フォル」

ノワリスが覗いていたナイトとアリシエルを見つける。

「ね？　ちゃんとつながっているんだよ」

つぶやいたナイトに、一緒に様子を見守っていたアリシエルが言う。

「カッコつけやがって」

アリシエルは涙目で二人を見ている。

「カナ、茶色い髪だったのにピンク色になったね」

「可愛いでしょう？　似合ってますか？」

「……うん。似合ってる」

二人のやりとりにナイトは笑う。

「なんか、アリスとフォルって似ているね」

「ちょっと可愛いアリスなのです」

「俺はもっと素直だ」

ところで、とナイトがノワリスに向かう。

「僕はカナイが生まれ変わっているかもしれない、とは言ったけど、まさか夢に出てくるなんて思わなかったよ。ノワリスの技術？」

ノワリスは難しい顔をする。

「魂はまだ未知のものです。存在するかもわかりません。少なくともノワリスは信じていないのです。でも、強いて言うのなら、生まれ変わった身体に戻る前に、強い意志の力で不可能だと思われた事象を引き起こした。要は奇跡だとしか……。世界は不思議でできているのです！」

ナイトは語り合う二人を見て呟いた。

「奇跡、ね」


「本当にありがとうございました」

深々と頭を下げる里の民。フォルトゥナは気まずそうに、けれど憑き物が取れたような清々しい目をしている。

「ねえ、ナイト」

「どーしたの、フォル」

モジモジと背中に回した両腕を差し出した。

「これ、あげる。ここに遊びにきた時、フンババが迎えにきてくれる、通行証みたいなもの。だから、あげるから、絶対遊びに来いよ！」

綺麗な黒色の石のペンダントをナイトの胸に押し付けると、フォルトゥナは走ってどこかへ行ってしまった。

「フォルなりの愛情表現なのよ。ナイト、受け取ってあげて。あんなふうに歩み寄ろうとするのは珍しいんだから」

カナイの生まれ変わりは、十歳くらいの年齢の割に大人びた表情で言った。フンババに連れてこられた時にナイトに声をかけてきた少女で間違いはなさそうだ。今世での彼女の両親は、記憶を取り戻した後も、今までとさほど変わりない様子だと話していた。カナイの魂だけあって、元の性格も似てしまうのだろうか。

三人は、フンババと里の皆に手を振って別れる。今日もスカイドライブは絶好調だ。

「いざ、アルマーへ！」

次の土地へ思いを馳せるナイトに、アリシエルが大きな声で言った。

「その前に、授業が待ってるだろ。しっかり参加しろ」

「ノワリスはどうするの？　僕らは学校の寮にいて、基本的に昼間は授業があるけど」

そんなことを言われるだろうと予想していたナイトは、イタズラが失敗したと口を尖らせる。少し不機嫌な声だ。

「ノワリスはナモエと隠れ里を行き来するのです。お金はあまりないので隠れ里で面倒を見てもらうことになるのです」

「ちゃんと次の旅には呼ぶからね」

「はいなのです」

「ナイトが現れたのか。このタイミングで」

私の計画が行き詰まったタイミングで現れた。これも彼《か》の方《かた》のお導きか。

「最後には私を選んでくださるのか」

早く彼《か》の方《かた》をお迎えしなくてはいけない。

「一度は私の元を去ったが、やはり戻ってくる運命なのだ」

被験者番号・78 ペリドット・ケリー
「あの実験動物も一緒とは好都合だ。早くお会いしなくては」


「そう。まずは無事に帰ってきてくれましたか」

ミセスは理事長室のバルコニーから王宮を眺める。真っ白な大理石のバルコニー。

王家公認となった今でも、この学校は私立を名乗っている。過去の小さな学校だった頃を、少し懐かしく感じることもある。

卒業後の進路が王国の魔術師団の者や研究者になる者など、頑張って勉強してくれる生徒の努力も確かに学校の評価につながっている。けれどベルンフルール魔科学学校の名を広く知らしめたブルーノエルの功績は、やはり大きい。

「アリシエル君にもそうあって欲しいのですよ。もちろん、ナイトさんにも。でも、二人に頑張ってもらうには、私が頑張るしかないですね……ホホホ」
手元の書類を見やる。
アルマー王国立特別育成魔法科学学園　交流会参加生徒名簿
高等部一年　アリシエル・ブロウ
　　ナイト
「頑張ってくれたわね、ルーン。これからもよろしくお願いするわ」
もうすぐミセスの下に今回の眠りの森での影の功労者がやってくる。
ぴー、ちゅん。
清々しい透き通る高音は、褒めてもらえたことを喜んでいるようだ。

五百年前。ブルーノエルの全盛期。

かつて東の国・アルマー王国は戦争をしていた。人質に取られないよう王女ラーナは塔に幽閉された。王女ラーナの護衛を一人の騎士に託し、戦士、魔導士、医者……王宮で働く者は皆、戦争へ赴いた。王女ラーナは毎日、塔から騎士に声をかける。

「みんな、無事に帰りましたか？」

騎士は毎日応えた。

「まもなく皆、帰ります。もう少しお待ちください」

王女ラーナは食事や入浴、睡眠時間を削り毎日祈った。

(みんな、無事に帰りますように)

どんどんやつれていく王女。健気な王女を思う騎士。

ある日から王女の声は聞こえなくなった。騎士は不安になり塔の中へ入った。王女は自らの命と引き換えに、国に安寧をもたらす古代の禁術を使っていた。

思い詰めた王女に気づけなかった自分を騎士は呪った。

それ以来、騎士はアルマー王国の王女に取り憑き、日々守り続けているという。もう帰ってこない最愛の人を思いながら――。その一途な忠誠心はいつか、報われるのだろうか。


アリシエルはずっとナイトを監視し続けている。正直、ナイトは息苦しさを覚えていた。気分転換に図書室でアリシエルに課題を教えてもらっている、フリをして逃げる機会を伺っているが成果はない。

元々、何に縛られることなく生きてきたナイトにとっては、学校の規則やマナーは面倒でしかない。

「ルールは破るためにある、マナーは守るためにあるってね」

何度かこの言葉をアリシエルに言ったことがあるが、その時は苦い顔をした彼に翌日まで厳しい指導を受けた。

軽口はやめて本当に課題に向かう。本当はなんだかんだと言い訳をつけてアリシエルにやってもらおうと思っていた。が、アリシエルの生真面目さに当てられたのか、渋々レポートを書くことも少しずつ増えてきた。

アルマー王国にはどんな面白いものがあるのだろうか。ブルーノエルは、何者だったのだろうか。

「またくだらないことを考えてないか」

「考えてないよ。ちゃんとやってるって」

この同じ空の下を生きた、同じ人間。それでもわからないことがあるとは、世界は不思議な作りをしている、とノワリスは言っていたが、言い得て妙だ。

夜の帷が下りた空に輝く銀色の光。星の光はブルーノエルよりも昔に放たれたものとノワリスは言っていた。この星はナイトの家族や、ブルーノエルの真実も知っているのだろうか。この空の闇はブルーノエルの髪と同じ色なのだろうか。

次の冒険は、すぐそこまで迫っている。

〈著者紹介〉
真生えん（まさき えん）
2003年5月16日生まれ。
真生えんと書いて、まさき えんと読む。母が自分を産む時に、まさきと名付けると提案した、と聞いた事が由来。えんは、様々な人や出来事との縁がある様に、という思いで決めた。おとぎ話や伝承、神話などに目がない。和風ファンタジーも好き。初めて小説を読んだのは小学校三年生。ミステリー小説で、今もその作家先生の大ファンである。

ラベン王国《おうこく》・眠《ねむ》りの森《もり》

2025年1月23日　第1刷発行

著　者　　真生えん
発行人　　久保田貴幸

発行元　　株式会社 幻冬舎メディアコンサルティング
　　　　　〒151-0051　東京都渋谷区千駄ヶ谷4-9-7
　　　　　電話　03-5411-6440（編集）

発売元　　株式会社 幻冬舎
　　　　　〒151-0051　東京都渋谷区千駄ヶ谷4-9-7
　　　　　電話　03-5411-6222（営業）

印刷・製本　中央精版印刷株式会社
装　丁　　野口 萌

ISBN 978-4-344-69181-0 C0093
幻冬舎メディアコンサルティングＨＰ
https://www.gentosha-mc.com/